기묘한 J

기묘한 J

정종균
미스터리
소설집

바른북스

목차

01. **JUICE :** — 07
    동짓날, 마을에서 축제가 열린다

02. **JUKEBOX :** — 18
    할아버지의 특별한 유산

03. **JELLYFISH :** — 25
    수조에서 춤추는 나의 해파리

04. **JUMP :** — 33
    21g의 그대에게

05. **JUSTIFICATION :** — 44
    당신의 안락한 죽음을 위하여

06. **JEWELLERY :** — 54
    실로 아름답고, 실로 완벽한

07. **JUNK :** — 67
    쓰레기 무단 투기는 멈춰주시지요

08. **JEALOUSY :** — 71
    형제 사이에 당연한 것

09. **JUBILEE :** — 78
    약속의 때가 왔다

10. **JUGGLER :** — 82
    차가운 오렌지를 맛본 어느 밤

11. **JAIL :** — 88
    우리는 이곳에 있다

12. **JUNE :** — 99
    오지 않을 미완의 6월

13. **JUMP SUIT :** — 118
    설명을 귀담아들어야 하는 이유

14. **JOCKEY :** — 124
    오직 빠름만을

15. **JUST :** — 131
    그저, 단지

16.	JUVENILE : 사춘기 자녀를 위한 맞춤형 수술	135
17.	JUNGLE : 낙원은 굶주렸다	140
18.	JEHOVAH : 어떤 예술가의 푸념	161
19.	JANOPAUSE : 주정뱅이의 허황된 약속	165
20.	JESTER : 광대와 추측	172
21.	JETTIES : 차가운 곳에서 열리는 결혼식	176
22.	JAB : 어느 나라의 독특한 사형법	187
23.	JOKE : 그냥 농담이었을 뿐이야	196
24.	JUNK FOOD : 금기에 대한 단상	203
25.	JINX : 우리 아이의 묘한 징크스	209
26.	JUSTICE : 모든 것은 정의를 위해	216
27.	JOBLESS : 먼 곳에서 온 실직자	224
28.	JUDGEMENT : 어느 날, 사람들이 사라지기 시작했다	229
29.	JOURNAL : 조금 특별한 세계의 9시 뉴스	237
30.	JABBERWOCKY : 그저 악몽이라고밖에는	243

01.
JUICE :

동짓날,
마을에서
축제가 열린다

어머, 그쪽도 동지 축제 때문에 오신 거예요?

척 보면 알죠. 들뜬 얼굴로 마을 주위를 기웃거리고 있는 남자는 대부분 소문을 듣고 온 사람들이니까요.

아무튼 잘 왔어요. 사실 저희도 이때 아니면 외지인 구경을 잘 못해요.

여기까지 오시느라 고생 많이 하셨겠네요.

대강 아시겠지만, 우리 마을에 지저분한 소문들이 많잖아요. 다른 마을 사람은 우리와 어울리려 하지 않아요. 말도 안 섞죠. 어떤 사람은 저희를 보면 알아서 길을 빙 돌아 피해 갈 정도예요. 언젠가는 식료품을 사러 갔다가 시비가 걸린 적도 있어요. 특히 오늘 같은 동짓날에는 행여 저희와 엮일까 봐 경계가 더 심하답니다.

애석하게도 여기서 밖으로 나갈 방법도 얼마 없어요. 버스 한번을 타고 싶어도 산 하나를 넘어서 3km나 걸어가야 하니까요. 이렇다 보니 웬만해서는 다들 저희 마을에 오려 하지 않아요. 이해해요. 저도 가끔 제가 이 마을에서 태어나 자랐다는 사실이 몸서리칠 정도로 싫을 때가 있거든요.

아, 제가 너무 들떴나요? 외지인과 대화를 한 게 거의 1년 만의 일이거든요. 어렸을 때만 해도 이 때문에 동짓날을 손꼽아 기다렸어요. 처음 보는 사람들이 모여서 마을이 북적거리곤 했으니까요.

그러다 다른 사람들이 저희 마을을 기피하기 시작한 이유가 바로 이 축제 때문이라는 걸 알고 생각을 바꿨죠. 사실 어린 마음에도 어딘가 이 축제가 이상하긴 했어요. 마을 여자들은 죄다 치장하기 바쁜 데다, 축제에 오는 사람들은 남자뿐이었으니까요. 축제의 진상을 알게 된 이후로는 동짓날이 다가오는 게 썩 달갑지 않더군요.

그래도 전통은 전통이니 동짓날만 되면 이렇게 장식도 하고, 우리 마을의 자랑인 사과주스도 준비해 놔요. 두꺼운 커튼과 폭신한 이불도 물론이죠. 그리고 집 안 청소도 말끔히 하고 깨끗이 몸도 씻어요. 동지 축제를 좋아하는 건 아니지만, 그냥 오랜 기간 동안 늘 그래왔으니 으레 따르게 돼요. 뭐, 이렇게 깔끔히 준비하면 상쾌하기도 하고요.

다른 사람들은 이 축제가 더럽다고 손가락질하지만, 오히려 저희 마을은 이때 가장 깨끗해져요. 동지 축제가 외지인을 맞이하기 위해 만들어졌잖아요. 밖에서 손님이 오는데, 더러워야 쓰나요.

자, 이리 와서 주스 한 잔 마셔요. 저희 마을의 자랑거리인 사과주스예요. 저희 마을에서만 나는 희귀한 약초를 섞어 만들죠.

맛은 괜찮죠? 원한다면 얼마든지 마셔도 돼요. 이 사과주스는 지금의 우리 마을을 있게 한 일등 공신이거든요. 저희 아버지도 이 사과주스를 마시고 이 마을에 정착하셨다고 해요. 이 사과주스가 없었다면 저도 없었죠.

저기 처마 끝에 있는 장식품, 보이세요? 아버지의 고향에서 가져온 거래요. 아버지는 선원이셨거든요. 아버지 역시 동짓날의 소문을 듣고 저희 마을에 왔다가 정착하셨죠.

아버지는 고향에 대해 곧잘 이야기하곤 했어요. 가본 적 없지만, 멋진 바다 근처라고 하더군요. 아버지는 평생 고향을 그리워하셨어요. 하지만 고향에 돌아갈 수 없으니, 대신 장식품을 보면서 마음을 달랜 거죠. 그럴 때마다 아버지가 안쓰러웠어요.

자, 사과주스 한 잔 더 마셔요. 사과주스는 얼마든지 있답니다. 당신같이 괜찮은 남자를 위해 잔뜩 준비해 놨어요. 혹시 피곤하지는 않나요? 원한다면 제 어깨에 기대도 돼요. 괜찮아요. 동짓날인데요, 뭐.

사실 아버지가 돌아가신 후로 이렇게 남자와 가까이 있는 건 처음이에요. 아버지요? 자살하셨어요. 결국 이 마을을 견디지 못하고 목을 매셨죠. 저기, 장식품이 있는 처마 끝에서요. 전 아직도 아버지의 시체를 발견했을 때가 생생해요.

　먹다 남은 사과주스와 거칠게 매듭지어진 줄, 그리고 눈을 까뒤집은 채 숨이 멎어 있는 아버지. 끔찍했죠. 가끔 아버지가 나오는 악몽을 꾸곤 해요.

　너무 칙칙한 이야기를 했나요?

　외지인을 만나니, 마음이 놓여서 실없는 이야기를 주절주절하게 되네요. 괜찮다면 사과주스 한 잔 더 마실래요? 이해해 줘요. 아버지가 돌아가신 후에 도통 이야기할 사람이 없어서 그래요.

　어머니는 항상 신경질만 부리시고, 마을에는 늙은이들만 잔뜩 있죠. 또래 아이들은 하나같이 멍청이고요. 그래서 늘 대화할 누군가를 기다리고 있었어요. 하지만 바깥에 나가봤자 손가락질만 당하니 외롭기만 했죠.

　제 피부색과 머리카락 색을 보시면 아시겠지만, 저희는 원래 이 지역 사람들이 아니에요. 정확히 말하자면, 이 마을을 세운 조상님들은 아주 먼 외국에서 온 피난민들이에요. 오래전 일이라 자세히는 모르지만, 조상님들의 나라에서 엄청난 전쟁이 일어났나 봐요. 전쟁을 피해 이곳저곳을 헤매다가 여기까지 흘러들어 오게 된 거죠.

　과연 그 나라가 어디인지, 그리고 어디에 있는지는 몰라요. 피난 와서 이 마을을 세운 1세대들은 이미 옛날 옛적에 늙어 죽어 버렸거든요. 남은 건 고리타분한 전통과 이질적인 외모뿐이죠. 두

개 다 딱히 도움이 되진 않지만요.

동지 축제는 그나마 남은 저희 조상들의 흔적이에요. 다른 마을 사람들은 어떻게 생각할지 모르지만, 이건 저희에게 있어 자연스러운 삶의 일부분이랍니다. 그러니 부정적으로 봐주지는 않았으면 좋겠어요. 조상님들은 어쩔 수 없는 선택을 내린 것뿐이거든요. 이 마을을 처음 세운 1세대들은 거의 여자였으니까요.

남자들이요? 잘은 모르지만, 전쟁에 끌려가서 대부분 죽었다고 했어요. 그래서 이 마을을 처음 세울 때는 인구의 9할이 여자였어요. 물론 여자들끼리도 멋진 마을을 세울 수 있죠. 문제는 모든 걸 여자들이 해도 자식을 낳는 건 혼자 할 수 없다는 거예요. 어딘가에 있는 신은 처녀 수태를 가능케 했다지만, 애석하게도 저희 마을에 그런 축복은 내려지지 않았죠.

처음에는 어떻게든 주위 남자와 혼인해서 가족을 꾸리려고 했어요. 하지만 죄다 실패로 돌아갔대요. 아무래도 저희 조상들은 외국인인지라, 여기 사람들 눈에는 그다지 매력적으로 보이지 않았던 모양이에요.

그런다고 이대로 있다가는 마을에 늙은이들밖에 남지 않을 테니, 조상님들은 꾀를 냈어요. 맞아요. 1년에 단 하루, 밤이 가장 긴 동지 때 축제를 열기로 한 거죠. 그리고 남자라면 누구나 동짓날 여기서 하룻밤 묵으면서 원하는 여자와 잠자리를 할 수 있도록 규칙을 정했어요. 여자들은 그런 남자를 기꺼이 맞이해야 했고요.

자, 사과주스 한 잔 더 받아요. 여기서부터 재밌는 대목이에요.

조상들은 동짓날 남자를 초청해 하룻밤을 지새우기로 계획하고, 이 사실을 최대한 주위에 널리 알렸어요. 처음에는 엄청나게 욕을 먹었죠. 당연하죠. 남자라면 아무나 와서 잠자리를 할 수 있다니. 상식적으로 생각해도 엄청나게 문란한 일이잖아요. 이 때문에 길을 걷다가 대놓고 돌을 맞은 적도 있다고 해요.

그런데 웃기는 게 뭔지 아세요? 막상 동짓날이 되자마자 사방에서 몰려든 남자들로 마을이 인산인해를 이뤘다는 거예요. 아무런 대가 없이 여자와 하룻밤을 보낼 수 있단 사실에 다들 앞뒤 보지 않고 달려든 거죠. 더럽다느니, 문란하다느니, 욕이란 욕은 죄다 했으면서 말이에요. 남자란 동물은 어쩜 그렇게 성욕 앞에서 나약한지 모르겠다니까요.

어머, 그쪽을 비웃으려고 한 말은 아니에요. 사과의 의미로 사과주스 한 잔 더 드릴게요. 아무튼 이 축제는 엄청나게 성공했어요. 대부분 남자와 만나 무사히 임신했거든요. 그렇게 저희 마을의 2세대들이 태어났죠. 그리고 그 2세대들 역시 성장해서 동지 때 하룻밤의 인연을 맺었고요.

그런데 예상 밖의 일이 일어난 거예요. 동짓날의 인연을 발판 삼아 아예 부부가 되기로 결심한 사람들이 나타나기 시작한 거죠. 처음에는 이 사실을 반겼어요. 저희 마을 사람들은 자진해서 남자들의 정착을 도왔죠. 하지만 그건 아주 잠시뿐이었어요.

결혼한 뒤 3일은 서로 사랑하고, 3년은 싸우고, 30년은 참고 지낸다. 혹시 이런 말 들어보신 적 있나요? 결혼 생활이라는 건 생각보다 지루하고 힘든 일이죠. 특히 여기처럼 외진 시골 마을에서는요.

남자들은 달콤한 신혼의 꿈에서 깨자마자 하나둘 여자들을 버리고 밖으로 도망치기 시작했어요. 재미라고는 하나도 없는 이 마을에서 평생을 살아간다는 것은 고된 일이잖아요. 어떤 남자들은 저희 마을 여자와 결혼했다는 이유로 일가친척들에게 손가락질을 받다가 견디다 못해 아내와 자식을 버리고 야반도주하기도 했어요.

남겨진 여자들은 이 참혹한 현실을 견딜 수밖에 없었죠. 그래도 마을의 대는 이어야 하니, 동짓날이 되면 으레 축제를 열어 남자들을 유혹했어요. 자신을 버린 남자를 그리워하면서, 자식을 얻기 위해 또 다른 남자에게 손짓할 때의 비참함을 당신은 이해하실 수 있나요?

분위기가 너무 무거워졌나요? 하하하. 그쪽을 원망하는 건 아니에요. 자, 사과주스 한 잔 더 받아요. 달콤한 것을 마셔야 분위기가 부드러워지죠.

시대가 지나면서 남자아이가 하나둘 태어나면서 조금씩 성비가 맞춰지긴 했어요. 하지만 그래도 아직 외지인의 씨는 중요하답니다. 워낙 외진 곳이라 어머니 쪽으로 어떤 식으로든 피가 이어져 있는 경우가 많거든요.

그래서 자칫 근친상간으로 인해 유전병을 가진 아이가 태어날 수 있죠. 이 때문에 여기 여자들은 웬만하면 밖에서 온 남자와 밤을 보내려고 해요. 저희 할머니가 그랬고, 저희 어머니가 그랬고, 그리고 저 역시 그러려고 하고 있고요.

저희 마을은 외지인 덕분에 그럭저럭 인구수를 유지하고 있다고 해도 과언이 아니에요. 참 신기하죠? 다들 어디서 그렇게 저희 마을에 대해 알고 찾아오는 걸까요. 저희 아버지는 우연히 들린 항구의 술집에서 들었다고 했어요. 동짓날 남자라면 무조건 환대하는 마을이 있다는 말에 산 넘고 물 건너 찾아오셨다고 했죠.

누군가는 여행가가 남긴 한 줄짜리 기록에, 누군가는 시장 떠돌이 장사꾼의 이야기를 듣고 저희 마을에 찾아왔죠. 그리고 그건 아직도 이어지고 있어요. 먼 옛날, 조상님들이 뿌린 동짓날의 소문이 이 마을을 지탱하고 있는 거예요.

소문의 재밌는 점이 뭔지 아세요? 때로는 왜곡되거나, 중요한 뭔가가 빠진 채 돌고 돈다는 거예요. 언젠가는 이 마을이 남자들을 홀려 잡아먹거나, 사악한 신에게 제물로 바치는 마녀들의 소굴이라고 소문이 난 적도 있죠. 하지만 상식적으로 생각해 보면 그건 멍청한 짓이에요. 귀한 인력인 남자를 왜 그렇게 헛된 곳에 낭비하겠어요?

아마 그쪽도 제가 손짓하기 전까지는 그 소문이 사실인지 반신반의하셨을 거예요. 그렇죠? 왜 그런 표정을 지으세요? 그쪽도 결과적으로는 소문 듣고 찾아왔으면서.

나무라려고 하는 건 아니에요. 그랬다면 제가 당신을 불러 이렇게 주스까지 대접했겠어요? 장담컨대, 오늘 어딜 가도 외지인은 환대받을 거예요. 당신처럼 건강하고 잘생긴 남자라면 특히.

사과주스 한 잔 더 드릴게요. 잘 마시는 게 좋네요. 사과주스를 좋아하시는 걸 보니 저희 아버지가 떠올라요. 썩 가정적인 아버지는 아니었지만, 그래도 제게 바깥에 대한 이야기를 해주는 사람은 아버지뿐이었거든요. 비록 자살로 세상을 등졌지만, 저는 항상 아버지와 같은 남자와 함께하고 싶었어요. 원래 딸들은 아버지 같은 남자에게 쉽게 빠진다고 하잖아요?

하하, 동정하지 말아 줬으면 좋겠어요. 이것 역시 저희 삶의 일부분인걸요. 그리고 지금은 옛날처럼 축제가 그렇게 비참하지만은 않아요. 몇십 년 전, 어느 약초꾼이 우연히 인근에서 자생하는 약초를 발견하면서 축제 방향이 조금 바뀌었거든요. 그 약초는 강력한 중독성이 있는 마약 성분을 가지고 있었어요. 그래서 한번 잘못 먹으면, 거기에 영영 중독되어 버려요.

처음에는 괜찮지만, 주기적으로 복용하지 않으면 금단 현상이 와서 고통에 몸부림치다 심장이 멎어버리죠. 이것 때문에 사람 여럿 죽었대요. 여기 아니면 보기 힘든 희귀한 식물이라 치료약도 없다네요. 어떻게 보면 일종의 족쇄인 셈이죠.

그 약초를 어디에 쓰냐고요? 보통 사과주스를 빚을 때 써요. 달콤한 사과의 향이 약초의 쓴맛을 가려주거든요. 그리고 당신처럼

동짓날, 마을에서 축제가 열린다

동지 축제에 마을을 방문하는 외지인에게 대접하죠.

그래서 사과주스는 맛있었나요?

소문이라는 건 참 신기하죠. 때로는 중요한 뭔가를 빠트린 채 돌고 도니까요.

아무튼 저희 마을에 오신 걸 환영해요.

전 처음 봤을 때부터 당신이 마음에 들었답니다.

02.
JUKEBOX :

할아버지의
특별한
유산

이게 지난번에 말씀드린 주크박스예요.

주크박스라는 물건, 처음 보시죠?

지금은 자취를 감춘 물건이지만, 몇십 년 전에는 비교적 흔했다고 하더라고요.

주크박스는 음악을 파는 자판기라고 보시면 될 거예요. 주크박스는 내부에 음악 레코드를 여러 개 보관하고 있다가, 손님이 동전을 넣으면 무작위로 음악을 재생시키는 기계거든요. 할아버지는 동전을 넣은 뒤에 어떤 곡이 나올지 두근거리며 기다리는 게 바로 주크박스의 묘미라고 하셨어요.

할아버지에게 물려받은 주크박스 안에는 레코드가 하나도 없어요. 혹시나 해서 중고 레코드를 사서 틀어봤는데, 작동이 되지 않더라고요. 애초에 이건 레코드가 필요 없는 물건이니 당연할지도 모르겠네요.

할아버지는 이 주크박스를 아끼셨어요. 하지만 한 번도 음악을 재생하지 않았죠. 다만, 늘 서재 구석에 두고 애정 어린 시선으로 보실 뿐이었어요. 순수한 호기심에 이게 대체 무슨 물건이냐고 제가 물어도 언제나 빙긋이 웃으실 뿐, 제대로 된 대답은 해주지 않으셨어요. 저도 그래서 무슨 특별한 사연이 있지 않을까, 막연히 추측만 했었죠.

할아버지는 제가 고등학교 때 폐암으로 돌아가셨어요. 하루에 담배 세 갑을 피우셨으니 당연할 걸지도 몰라요. 폐를 절제하는 수술을 두 차례 하고 난 뒤에 가족들 모두는 어느 정도 마음의 각오를 하고 있었어요. 그건 할아버지 역시 마찬가지였고요.

돌아가시기 직전에 할아버지는 저를 부르셨어요. 그리고 무거운 얼굴로 자신이 죽거든 이 주크박스를 물려받았으면 좋겠다고 하시더군요. 너무 진지하게 말씀하셔서 제가 당황할 정도였어요.

저는 할아버지에게 왜 하필 저냐고 물었죠. 할아버지는 저만큼은 다른 사람들과 달리 자신의 말을 믿을 수 있을 것 같아서 그랬다고 어렵사리 말씀하셨어요. 그리고 이렇게 덧붙이셨죠.

언제나 이 주크박스에 귀를 기울여라, 라고요.

평생 음악이 재생되는 걸 본 적이 없는 주크박스에 귀를 기울이라니, 어처구니없지 않나요? 저는 그래서 처음에 할아버지가 노망이 나신 줄 알았어요. 하지만 일단은 마지막 유언이라 생각하고는 열심히 고개를 끄덕였어요. 할아버지는 이후에 후련한 얼굴로 잠드셨고, 그대로 영영 깨어나지 않으셨죠.

할아버지의 유언이 있었기 때문에 주크박스는 할아버지의 서재가 아니라, 제 방에 오게 됐어요. 저는 처음에 낡고 자리만 차지하는 이 고물을 방에 둬야 한다는 사실이 탐탁지 않았어요. 하지만 할아버지와 약속한 게 있으니 그냥 참고 넘어갔죠. 비록 음악 하나 제대로 재생시키지 못하는 고물이지만, 그래도 할아버지의 유품이니까요.

이 주크박스의 진가는 얼마 지나지 않아 나타났어요. 고등학교 3학년 때, 저는 수능 성적이 아슬아슬해서 문제였어요. 일단 원서를 쓰긴 썼는데, 대학에 떨어지면 어떻게 하나 고민이 이만저만이 아니었죠. 너무 걱정하는 바람에 잠도 못 잘 정도였죠.

그런데 갑자기 주크박스에서 음악이 흘러나온 겁니다. 클리프 리처드의 〈Congratulation〉이었어요. 맞아요. 우리가 축하 노래로 자주 쓰는 오래된 노래요. 저는 평생 주크박스가 고장 난 줄 알고 있었기 때문에 엄청나게 당황했어요. 음악은 계속해서 이어졌죠. 그리고 그로부터 며칠 후, 대학 합격 통보가 들려왔어요.

처음에는 할아버지가 돌아가시기 전에 주크박스에 비밀스러운 장치를 한 게 아닌가 싶었어요. 그래서 몇 번이나 주크박스를 들여다봤죠. 하지만 특별한 건 찾을 수 없었어요.

그 후로 주크박스에서 음악이 들려온 건, 대학교 수업 첫날이었어요. 그때 저는 대학생이 된다는 사실에 무척이나 들떠 있었죠. 좋은 옷을 입고, 친구에게 배운 엉성한 화장까지 했어요. 그리고 신나서 막 나가려고 하는데, 갑자기 주크박스에서 노래가 들려오지 뭐예요? 호세 펠리치아노의 〈Rain〉이란 곡이었어요.

그 노래를 듣고 불현듯 대학 합격 통보를 받았을 때가 떠올랐어요. 그리고 어쩌면 이 주크박스가 뭔가를 예고하고 있는 걸지도 모른단 생각이 들었죠. 결국 고민하다가 우산을 들고 나섰어요. 비가 온다는 예보도 없었고, 하늘도 쨍쨍했지만 그래도 노래를 들으니 그것밖에 떠오르는 게 없었거든요.

아니나 다를까, 한 3시 무렵에 갑자기 비가 오지 뭐예요? 마침 야외수업 중이었는데, 갑작스럽게 폭우가 쏟아져서 모두 난리였어요. 저만은 우산을 가지고 있어서 다행히 비에 젖지 않았죠.

이후로 저는 이 주크박스가 범상치 않다는 걸 직감했어요. 그리고 매일 아침마다 이 주크박스에서 어떤 노래가 들려오는지 체크하는 게 일과가 됐죠. 주크박스에서 새로운 노래가 들려온 건, 그로부터 며칠 뒤였어요.

대학에 막 적응하고 있을 무렵, 어떤 여선배가 말을 걸어왔죠. 굉장히 사교성이 뛰어나고, 사근사근한 성격이라 쉽게 친해졌어요. 꼭 든든한 언니가 생긴 기분이었죠.

그러다 어느 날, 이 선배가 제게 재밌는 곳에 놀러 가지 않겠느냐고 제안했어요. 장소는 비밀이라고 말해주지 않았죠. 믿고 있는 선배가 가자고 하는 만큼, 의심 없이 따라가려고 했어요. 그런데 주크박스에서 또다시 노래가 들려왔어요. 스콜피언스의 〈Don't Believe Her〉이란 노래였죠.

그 노래를 듣고 나니 뭔가 이상하게 선배가 의심스러워지는 거예요. 뭐라 딱 꼬집어 말하기 어렵지만, 주크박스가 이런 노래를 들려준 건 이유가 있지 않을까 싶었어요. 이후 저는 핑계를 대면서 선배와 멀어졌죠.

얼마 지나지 않아 학교가 왈칵 뒤집혔어요. 알고 보니 그 선배가 대학 신입생들을 대상으로 불법 다단계 사업을 해왔던 거예요. 제 친구 몇몇은 선배가 가자고 한 곳에 뭣도 모르고 따라갔다가, 돈만 왕창 쓰고 풀려났대요. 어쩌면 저 역시 비슷한 꼴을 당했을 수 있었을 수도 있었겠죠.

아무튼 이 사건 이후로 저는 주크박스를 한층 더 의지하게 됐어요. 당연하죠. 앞날을 예고하는 노래를 트는 주크박스라니. 이렇게 신기한 물건이 또 어디에 있겠어요? 아마 할아버지도 평생을 살면서 이 주크박스에서 많은 도움을 받으셨겠죠.

보면 볼수록 이건 정말 신비한 물건이에요. 만들어진 지 몇십 년은 된 것 같은데, 낡은 팝송부터 최신곡까지 내키는 대로 틀어주거든요. 음질이 살짝 거칠다는 단점은 있지만, 오히려 그 덕에 노래가 귀에 착착 감기죠.

함께하는 동안, 이 주크박스에 애착이 많이 생겼어요. 단순히 미래를 예지하는 신비한 물건이어서가 아니라, 꼭 제 말을 묵묵히 들어주는 덩치 큰 친구 같거든요. 부끄러운 이야기지만, 첫사랑 때문에 고민 중이었을 때, 주크박스를 껴안고 울기도 했어요.

그래서 이 주크박스를 누군가에 넘겨야 한다는 사실이 아직도 믿기지 않아요. 지금도 솔직히 힘들어요. 하지만 받아들일 건 받아들여야겠죠. 저희 할아버지가 그랬던 것처럼 말이죠. 이렇게 귀한 물건은 어떤 식으로든 누군가에게 넘어가 도움이 되어야 한다고 생각해요.

오늘 이 자리를 만든 것도 이 때문이에요. 당신이라면 제 말을 믿어주시리라 생각했거든요. 당신은 친절하면서도 사려 깊으신 분이니 제 말을 흘려듣지 않으리라고 믿어요. 물론 저도 제가 한 말이 믿기 힘든 황당한 것이라는 건 알아요. 그래도 일단 이 주크박스를 곁에 두시면, 제 말이 거짓말이 아니라는 걸 금세 아실 거예요.

이렇게 털어놓고 나니 홀가분하네요. 아마 이 주크박스는 이런 식으로 이 사람 저 사람을 떠돌았겠죠. 대체 이건 어디서 어떻게 만들어진 물건일까요? 할아버지에게 자세히 캐묻지 못한 게 한이에요.

저요? 이제 필요 없어요. 몇 주 전, 이 주크박스가 제시카의 〈Good Bye〉를 들려줬거든요.

그리고 그 이후로 그 어떤 노래도 들려주지 않았어요.

그 어떤 노래도요.

어쨌든, 이 주크박스를 받아주실 거죠?

03.
JELLYFISH :

수조에서
춤추는
나의 해파리

정신이 드니, 아가?

더 잘 거라고 생각했는데, 생각보다 약이 덜 들었나 보구나. 졸리면 더 자렴. 괜찮단다.

너와 처음 만났을 때가 떠오르는구나. 내가 사는 아파트에 새로운 이웃이 이사 온다는 소식이 걱정이 많았단다. 모든 곳이 그렇겠지만, 사이가 좋지 못한 이웃이 곁에 있으면 살기 힘든 법이잖니. 더구나 새로 이사 온 집에 어린아이가 있단 생각에 걱정이 두 배는 늘었어. 아이들은 어떤 식으로든 사고를 치곤 하잖니.

늙은이들은 대부분 아이들을 좋아하지만, 애석하게도 난 그렇지 않아. 난 조용함을 사랑하거든. 일상에 불쑥 끼어든 소란만큼 성가신 것도 없지. 거기다가 나처럼 불면증 때문에 고생하는 사람들은 사소한 일에도 신경이 쉽게 날카로워진단다.

그런 의미에서 내게 있어 어린아이는 여러모로 골치 아픈 존재야. 말도 안 통하고, 제멋대로고, 감정도 통제할 줄 모르지. 예절이라고는 하나도 없어. 거기다 요즘 부모들은 자식을 싸고돌기에 바빠서 아이가 잘못을 저질러도 혼 한번 내지 않아. 맞아, 네 부모처럼 말이야.

처음에 너라는 존재를 최대한 무시하려고 했단다. 내가 너와 얽힐 일이 뭐가 있겠니. 나는 그저 은퇴한 뒤 한적한 일상을 즐기고 싶어 일부러 사람 없는 곳을 찾아온 늙은이인걸. 만약 네가 이사 온 첫날, 장난삼아 공을 던져 우리 집 유리창을 깨트리지 않았다면 이런 일도 일어나지 않았을 거야.

네 부모란 작자들은 여러모로 참 독특해. 내가 어렸을 때, 놀다가 이웃집 유리창을 깨트리기라도 하면, 부모님에게 엄청나게 혼났단다. 죽도록 맞아서 제대로 걷기도 힘들 정도였지.

하지만 네 부모는 달랐어. 깨진 유리창 때문에 내가 찾아가자, 지폐 몇 장을 던져주며 적반하장으로 나섰지. 뭐라고 했더라? 유리창 갈 돈도 없어서 자신들에게 구걸하러 왔느냐고 했던가?

어처구니가 없지 않니? 자기 자식이 유리창을 깨트렸는데, 고작 한다는 소리가 그거라니. 만약 네 부모가 형식적인 사과라도 했다면 뭔가 조금 달라졌을지도 몰라.

아직도 기억난단다. 부모 뒤에 숨어서 킬킬 웃던 네 웃음소리가 말이야. 너는 부들부들 떠는 내게 그 조그만 혀를 날름 내밀었지.

자신보다 나이가 많은 어른이 부모 앞에서 어쩔 줄 몰라 하는 게 즐거운 것 같았어. 아니, 즐거웠겠지. 자신이 뭐라도 된 것처럼 느껴졌을 테니.

그래, 이 정도 일은 어른스럽게 잊어줄 수 있었어. 하지만 다음 날, 우리 집 유리창이 또 깨져 있었어. 범인은 뻔했지. 아니라고 발뺌할 생각은 하지 말렴. 네 변명은 듣고 싶지 않아.

처음에는 참으려고 했다. 내가 반응을 보이지 않으면, 넌 흥미를 잃고 다른 걸 찾아 나설 거로 생각했지. 하지만 아니었어. 유리창 가지고는 부족했는지, 밤에 초인종을 누르고 도망가거나, 쓰레기를 담벼락 너머로 던지거나, 내 우편물을 가로채 버리는 짓을 했지. 네가 언제 올지 모른다는 불안감에 내 불면증은 심해졌어. 밤이고, 낮이고 두 눈을 부릅뜬 채 담벼락 너머를 바라봐야 하는 게 얼마나 고통스러운지 아니?

그래, 여기까지는 어린아이의 짓궂은 장난이라고 치자. 아이의 잘못을 이해하고 넘어가는 게 어른의 덕목이잖니. 그런데 너는 정도를 모르고 장난의 강도를 끝도 없이 올리더구나.

약 한 달 전, 넌 우리 집 계단 앞에 비누를 두고 도망쳤지. 그리고 난 그걸 밟고 넘어져 뇌진탕 때문에 한 달간 혼수상태였고 말이야. 옆집 사람이 나를 발견하지 않았다면, 그대로 죽었을지도 몰라.

혼수상태에서 깨어난 뒤, 이대로는 정말 안 된다는 생각이 들었단다. 그래서 경찰을 불렀지. 하지만 소용없었어. 이 나라의 법은 너 같은 어린아이에게는 한없이 관대하니까. 너희 부모도 마찬가지였지. 짜증 난다는 얼굴로 보험회사를 부른 게 전부였어. 나한테 노안이 와서 비누를 밟고 넘어진 탓이 아니냐고 따지기까지 했어. 참 대단한 사람들이야. 병원 침대에 누워 있는 늙은이 앞에서 미안한 기색 하나 없이 막말을 퍼붓다니.

그런데 한 가지 문제가 있었어. 어찌 됐든 나는 무사히 깨어났지만, 나 없이 집에 남겨졌던 해파리들은 아니었단다.

아가, 혹시 바다에 떠 있는 해파리를 본 적 있니? 물속에서 조용히 둥둥 떠다니는 해파리만큼 마음을 편하게 하는 것도 없어. 아름답지. 우아해. 해파리는 몸의 대부분이 물이야. 그래서 물을 거스르지 않지. 촉수를 늘어뜨린 채 물살과 하나 되어 춤추는 그 모습은 그 어떤 것과도 비길 수가 없어.

처음에는 불면증을 치료할 목적으로 샀어. 잠이 오지 않을 때, 수조 안에서 춤추는 해파리를 보고 있으면 몸이 나른해지면서 잠이 잘 온다는 이야기를 언젠가 들었었거든. 그런데 함께하는 시간이 길어지면서 조금씩 정이 들었단다.

어쨌든 나는 해파리가 좋았어. 네가 친 장난에 짜증이 올라와도, 해파리의 춤을 보고 있자면 자연스레 풀리곤 했었지. 이렇다 할 가족이 없는 내게 해파리는 가족 이상이었어. 사람들이 왜 고양이나 강아지에 마음을 붙이는 건지 그때 알았지. 남은 저금을

탈탈 털어 해파리를 위한 거대한 수조도 따로 샀을 정도야.

문제는 해파리를 기르는 게 여간 까다로운 일이 아니라는 거야. 먹이는 물론이요, 물도 항상 신경 써줘야 한단다. 조금이라도 문제가 생기면 해파리는 죽어버려. 나는 매일 해파리에게 무슨 문제가 있으면 어쩌나 고민해서 이 근처를 떠나지 않았지.

그런데 내가 병원에 누워 있던 한 달간은 달랐어. 곁에 있어 줄 사람이 아무도 없었어. 내 해파리들은 수조에 갇혀 한 달 동안 방치됐지. 내가 허겁지겁 집에 왔을 때 나를 반긴 건, 시커멓게 변색된 물속에서 썩어가는 해파리의 시체가 전부였어.

마음을 위로해 주던 가족이 시체가 된 걸 봤을 때, 내 심정이 어땠을 것 같니? 말 그대로 무너질 것 같았단다. 아니, 무너졌지. 그동안 날 지탱하고 있던 도덕심이나, 체면 같은 게 와르르 무너졌어.

내가 퇴원하고 나서 너는 한동안 잠잠했지. 아무래도 이번 사고는 수습하기에는 너무 컸으니까. 나는 친절한 늙은이의 모습을 한 채 길가에서 놀던 너를 불렀지. 너는 나름 지은 죄가 있어서 그런지 순순히 내게 다가오더구나.

아직도 내게 그런 침착함이 있었다는 게 믿기지 않아. 나는 모든 분노와 설움을 억누른 채, 최대한 부드러운 목소리로 화해하고 싶다는 의사를 밝혔어. 이번에 다친 건 어디까지나 나의 부주의함 때문이니, 부담을 가지지 말라고 덧붙였지. 순진하게도 너는 내 말을 믿더구나.

나는 천천히 화해의 의미로 준비한 시원한 오렌지 주스를 네게 내밀었지. 나는 네가 그것을 거절하면 어쩌나 싶었단다. 다행히도 너는 그 주스를 아무 의심 없이 벌컥벌컥 들이마셨어. 참 멍청하지. 너희 부모는 남이 주는 음식은 함부로 먹지 말라고 가르치지 않았니?

많이 졸리지? 그냥 자도 괜찮아. 맞아, 그 오렌지 주스에는 내가 먹던 수면제가 듬뿍 들어 있었어. 나는 오랜 기간 불면증을 앓아 와서 웬만한 약은 처방받을 수 있단다. 오렌지 주스에 넣은 수면제는 내가 처방받은 약 중에 가장 강한 놈이야.

그 약을 먹으면, 엄청난 졸음과 함께 몸에 힘이 빠지지. 그리고 그대로 한동안 꼼짝하기 힘들어. 너무 약효가 강해서 나도 자주 먹지는 않는단다. 너도 지금 그럴 거야. 내 목소리는 들리지만, 온몸이 천근만근이라 대답조차 못 하는 상태겠지. 차분히 이야기하기에 참 좋긴 하지만 말이야.

돈으로 보상하겠다는 소리는 하지 말렴. 난 아무것도 필요 없어. 곧 죽을 늙은이에게 그게 무슨 소용이겠니. 다만, 너 때문에 오랫동안 제대로 자지 못했으니, 그냥 한숨 늘어지게 자고 싶구나. 하지만 나를 달래줄 해파리는 죽어 없잖니. 그래서 널 대신 수조에 넣어둔 거란다.

이제 곧 물을 틀게. 수조는 금방 차오를 거야. 그러면 너는 내 해파리가 그랬던 것처럼 잠시 버둥거리다가, 곧 물속에서 흐느적

거리면서 춤을 추겠지. 무척 아름다울 거야. 그리고 나는 네가 물속에서 춤추는 걸 보면서 편안히 잠에 들 수 있겠지. 어서 네가 물속에서 춤추는 걸 보고 싶구나.

그럼 준비됐지, 아가?

04.
JUMP :

**21g의
그대에게**

이 메시지를 받을 그대에게 우선 축하한다는 말부터 전하고 싶습니다.

이 메시지를 읽었다는 것은 그대가 무사히 이차원 도약에 성공했다는 뜻이니까요.

저희로서는 과연 이 메시지가 언제 어떻게 도착할지 모릅니다. 제22차 세계대전 때 연합국 쪽에서 터트린 공간분열이속장치로 인해 각 차원의 평행성이 지속적으로 망가지고 있거든요. 주기적으로 발생하는 공간 축 뒤틀림으로 인해 어쩌면 아주 늦게, 혹은 아주 이른 시간에 도착할 수도 있습니다.

무엇보다 행여 이 메시지가 중간에 왜곡되지 않을까 걱정됩니다. 제31차 세계대전의 무기 개발을 위해 지구에 있던 희토류는 모조리 소모되어 현재 저희로서는 제대로 된 부품 하나 찾기 어려운 상태거든요.

몇몇 인원이 목숨을 걸고 지난 전쟁의 폐허를 뒤지면서 조달하고 있긴 하지만, 그마저도 성능을 확신하기 어렵습니다. 그래도 어쨌든 당신이 고유적으로 가지고 있는 차원이속이행기능설정위치를 바탕으로 이 메시지를 송출하니 어떤 식으로든 눈앞에 당도하리라 믿습니다.

이 메시지는 우리, 그리고 그대가 노력해 왔던 모든 것의 기록 문서입니다.

동시에 차후에 어떻게 행동해야 할지 알리는 지침이기도 합니다. 그러니 인내심을 가지고 이 메시지를 정독해 주시기 바랍니다.

우선 그대가 속한 역사에서 세계대전이 몇 번이나 일어났는지 확인하시길 바랍니다. 우선 30번 이하라면, 그래도 북반구 쪽에 오염되지 않은 땅과 자원이 남았다는 것을 말씀드리고 싶습니다.

지층 발굴 조사 결과, 세계대전이 20번 정도까지 일어났을 무렵에는 북반구에 어느 정도 사람의 공동체가 유지되고 있음을 확인했습니다. 만약 서둘러 이주한다면 북반구에서 제법 오랜 기간 버틸 수 있으리라고 판단됩니다.

최근 조사에 따르면, 제32차 세계대전의 대대적인 폭격이 일어나기 전까지 거기서 고대의 밀 농사를 재현시키는 데 성공했다고 합니다. 아마 거기라면 우리의 먼 선조가 그러했던 것처럼 곡식의 씨앗을 갈아 식량을 만들 수 있을 겁니다. 그게 가능하다면 지금의 우리처럼 태어나자마자 소화기관의 80%를 절제하고, 대신 광합성 공생 박테리아를 심는 일은 없을 테지요.

아시아권으로 이주하는 것은 삼가시기 바랍니다. 제28차 세계대전 이후, 일본 열도는 핵 공격을 받아 완전히 가라앉아 버렸습니다. 그리고 인접한 중국과 한국은 거의 궤멸에 가까운 피해를 입었죠. 다른 아시아 국가 역시 제29차, 제30차, 제31차 전쟁으로 사실상 사람이 살 수 없는 땅이 되어버렸습니다.

몇몇은 방사능으로 오염된 조국을 벗어나지 않고 어찌어찌 살고 있다고 들었지만, 문제는 그들은 더 이상 사람으로 볼 수조차 없는 존재가 되어버렸다는 겁니다.

저희도 어떻게든 아시아에 남아 있는 생존자들과 연락을 취하고자 했지만, 돌아온 답변은 없었습니다. 아시아 지역의 생존자를 찾기 위한 탐사대도 모두 연락이 두절되었죠. 어쩌면 그들은 사람의 말을 할 수 있는 마지막 이성조차 전쟁의 여파로 잃어버린 것일지도 모릅니다.

그러니 혹시 그대가 살고 있는 곳이 아시아이고, 속한 세상에서 일어난 세계대전이 30번 이하라면 어서 고향을 버리고 이주하시기 바랍니다.

만약 세계대전이 일어난 횟수가 20번 이하라면, 그나마 낫다고 말씀드리고 싶습니다. 적어도 태평양은 오염되지 않았을 테니까요.

원래 그대가 속해 있던 차원에서는 제24차 세계대전 당시 대륙

군이 쏘아 올린 무기가 문제를 일으켜서 태평양으로 추락해 폭발을 일으켰습니다. 그 결과 해양 지반에 문제가 생기면서 엄청난 지진이 수시로 일어났어요. 폭발의 영향으로 바다가 오염되어 생태계가 망가진 것은 두 번 말할 것도 없죠.

안 그래도 지속적으로 일어난 세계대전 때문에 오염되어 가던 해양생태계는 그날을 기점으로 돌이킬 수 없는 상태가 되었습니다. 바다에는 유독성 성분을 가진 돌연변이들만 간혹 발견될 뿐입니다. 이런 위험성 탓에 제24차 세계대전이 일어날 시점에서는 해산물을 섭취하는 행위는 완전히 금지되었습니다.

저희도 솔직히 해산물이라는 것이 뭔지 모릅니다. 역사서를 통해 우리의 조상들이 바다에서 난 고기를 섭취했다는 것을 배웠을 뿐이죠.

그러니 혹시 그대가 속한 세계의 세계대전이 20번 이하로 일어났다면, 우선 생선 맛을 실컷 보라고 충고하고 싶습니다. 그대도, 저희도 모두 조상들이 먹었다는 생선의 맛을 항상 궁금해했거든요. 적어도 이 사건만 아니었다면, 단백질 보급량이 떨어져 인간의 평균 수명이 40세 이하로 떨어지진 않을 텐데 말이죠.

이왕이면 해산물 통조림을 잔뜩 구비해 놓는 것이 좋을 겁니다. 듣기로는, 마지막 해산물 통조림을 가지고 있던 한 상인이 그것으로 막대한 부를 거머쥔 사례가 있다고 하더군요. 만약 그대가 그것을 충분히 보관할 수 있다면, 그 세계에서 어느 정도 준비를 마칠 수 있을 것으로 판단됩니다.

만약 준비가 완료되면 방공호를 설치해서 오염되지 않는 식사와 물을 준비해 놓을 수 있을 거예요. 어쩌면 그곳을 기점 삼아 농사를 부활시키는 데 박차를 가해 이어지는 세계대전 속에서 식량 문제를 어찌 해결할 수 있으리라 봅니다.

행여 정말 운이 좋게도 세계대전이 15번 이하로 일어난 차원이라면, 모든 수단을 강구해서 세계총본산경제선도지원연합이 설립되는 것을 막아야 합니다. 사실 인류사가 최악으로 치달은 것은 이 단체 때문이라고 해도 과언이 아니니까요.

처음에 이 단체는 이어진 세계대전을 막기 위해서 설립되었습니다. 하지만 오히려 이어진 경제 독점과 무기 개발로 인해서 세계대전은 오히려 더 빈번하게 일어나게 됐죠.

실제로 제15차 세계대전 이전만 해도 몇몇 강국들은 사람 사는 꼴은 갖춘 상태였습니다. 하지만 이 단체가 설립되면서 대부분의 나라는 힘과 자원을 빠르게 소진해 갔죠. 결국 얼마 가지 않고 제17차 세계대전을 끝으로 몰락하긴 했지만, 그래도 이 연합의 설립을 기점 삼아 인류사가 쇠락했다는 건 부인할 수 없는 사실입니다. 식량도, 자원도, 환경도 손쓸 도리 없이 망가졌거든요.

물론 인류가 이 모든 것을 바로 잡으려고 노력하지 않은 건 아닙니다. 그 증거로 그대와 저희가 있습니다. 우리의 조상들은 지속적으로 이어진 전쟁의 광풍을 해결하고자 외딴 황무지에 연구소를 설립했죠.

 자원도, 식량도 없는 곳인지라 그 어떤 군대도 우리를 눈독 들이지 않았어요. 그리고 몇 차례의 세계대전이 일어나는 동안 목숨을 걸고 비품을 조달하여 차원 도약 이송 기기를 완성했죠.

 해당 기술은 제19차 세계대전 당시 발명된 초광속차원도약이송기술을 응용하여 만들어진 겁니다. 원래 해당 기술은 특정 자원이나 물건을 공간을 초월하여 전달하기 위해 만들어졌어요.

 하지만 그렇게 전달된 물건의 시간의 항상성이 뒤틀려 있는 것이 발견되어 결국 기억 속에서 잊혔습니다. 저희도 고문서 발굴이 없었다면, 세상에 이런 기술이 있다는 것도 몰랐을 거예요.

 아무튼 저희 연구소의 초기 연구진들은 초광속차원도약이송기술 작동 시에 발생했다는 시간 항상성 뒤틀림 현상에 주목했어요. 이후 연구 끝에 불규칙적으로 변하는 공간 축과 적절히 조화를 이루면, 해당 물건을 까마득한 과거로 보낼 수 있다는 사실을 알아냈죠.

 이 사실을 알아낸 이후, 우리의 목적은 단 하나로 고정되었습니다.

 바로 평화로웠던 과거로 돌아가 미래의 방향성을 최선으로 바꾸는 것.

 그것이 그대가 그 자리에 있는 목적이기도 합니다.

 초기에는 우리 모두가 과거로 직접 돌아가서 미래를 최선의 방향으로 바꾸려고 했습니다. 하지만 몇 번의 실험 끝에 그것은 불가능하다고 결론이 났지요.

먼저 우리가 속한 이 우주에는 실로 많은 다중 세계가 있습니다. 과거로 돌아가 미래를 바꾸면, 그냥 다른 방향의 다중 세계가 생성될 뿐이었죠.

즉, 아무리 과거로 돌아가서 미래를 바꾼다고 해도 우리가 속한 세계의 미래가 바뀌는 것은 아니었습니다.

거기다 인간의 육체는 생각보다 너무 약했습니다. 차원 도약을 실행할 경우 상상하기도 힘든 끔찍한 모습으로 곤죽이 되는 경우가 허다했습니다.

그래서 내린 결론이 바로 정신만 이송시키는 것이었어요. 인간의 정신은 육체보다 훨씬 유연하죠. 질량도 21g밖에 되지 않아 차원 도약을 실시할 때 위험부담이 적었고요.

정신 이송 과정은 생각보다 간단합니다.

먼저, 누군가의 정신을 따로 빼내어 물질화시킨 다음 이차원 도약을 시킵니다. 정신은 불규칙적으로 변하는 공간 축에 따라 무작위로 전혀 다른 시간대로 이송됩니다. 그리고 그 시대의 공간 축에 있는 '누군가'의 뇌로 이동하죠. 누군가의 몸에 말 그대로 우리의 정신만 보내는 겁니다.

이러면서 자연스럽게 우리의 목적은 바뀌었습니다.

과거로 돌아가서 미래를 바꿀 수 없다면, 그냥 안락한 과거로 돌아가 각자 최선의 미래를 만들면서 사는 것.

　이것이 우리의 새로운 종착점이었습니다.

　다른 시간대의 누군가는 자신에게 또 다른 누군가가 비집고 들어와서 놀랄지 모릅니다. 하지만 우리에게는 지금 그런 도의적인 문제를 논할 여유가 없습니다. 제38차 세계대전이 지금 막바지에 이르고 있거든요.

　누가 승리하든, 우리가 속한 세상은 수명을 다할 겁니다. 자원은 바닥났고, 식량도 한계가 왔거든요. 하늘을 자욱하게 덮은 유독성 스모그 때문에 햇볕을 언제 봤는지 기억도 안 나요. 아마 이것이 우리가 속한 세계의 마지막 전쟁일 겁니다. 더 이상 전쟁을 할 수 있는 인간은 아무도 남지 않았으니까요.

　당연히 위험부담은 있습니다. 힘들게 도착한 또 다른 차원이 어떤 역사를 가지고 있을지는 아무도 모르는 상태거든요. 한번 차원도약을 실시하면 많고 많은 차원 어딘가로 날려가게 됩니다. 전쟁의 방향성이나 여파도 각기 다르죠.

　이 때문에 이송된다고 해도 무조건 생존을 보장할 수는 없습니다. 만약 막상 정신을 이송시켰는데, 원래 있던 곳보다 더 끔찍한 곳이라면 그건 상상할 수 없는 절망으로 다가올 게 분명했죠.

　이런 위험부담을 줄이기 위해 우리는 끈질기게 다중 우주를 탐색했습니다. 그 결과 세계대전이 30번 이하로 일어난, 생존 가능 역사를 보유한 2조여 개의 평행 세계를 발견했어요. 아직 희망은 있었던 셈이죠. 하지만 막상 모든 준비를 끝내자 우리 사이에서도 의견이 분분했습니다. 성공을 확신할 수 없는 이 위험한 임무에 누가 나설지 확정되지 않았거든요.

그때, 그대가 용감하게 이번 이차원 도약에 지원했습니다. 우리는 당신을 믿고 초광속차원도약이송기술을 가동시켰죠. 아마 당신은 지금쯤 우리와는 조금 다른 역사를 가진 과거의 누군가의 몸속에 무사히 안착했을 겁니다.

아마 차원 도약의 위험성으로 인해 한동안은 제대로 된 활동은 하지 못하리라고 봅니다. 정신이 새로운 육체에 안착하는 데는 상당한 시간이 걸리고, 혼란도 만만치 않을 겁니다. 어쩌면 그 여파로 기억에 문제가 있을 수도 있죠.

저희는 이를 고려해서 이 메시지를 그대 근처에 있을 누군가의 정신에 따로 전송시켰습니다. 아마 그는 무의식적으로 우리의 메시지를 당신 근처에 표출해 낼 겁니다. 그게 어떤 형태로 다가갈지는 모릅니다. 그냥 짧은 편지 형태의 글일 수도 있고, 잘 꾸며진 연극 대본일 수도 있고, 어쩌면 실없는 한 편의 소설일 수도 있겠죠.

어찌 됐든 이 메시지를 읽는다면, 그대는 과연 자신은 누구고 무엇 때문에 전혀 다른 세계로 도약을 감안했는지 기억해 낼 수 있으리라 생각합니다.

앞서 말했듯이 자신이 누구인지 기억해 냈다면 어서 지금 속한 세계에서 세계대전이 몇 번이나 일어났는지 빠르게 파악하시기 바랍니다. 그리고 지침에 따라 유리한 환경을 조성해 최대한 그 세계의 인류가 존속할 수 있는 방법을 찾아내야 합니다. 저희는 모든 위험을 무릅쓰고 이번 실험에 자원한 그대는 무사히 이 과업을 완수하리라 믿습니다.

그래도 한 가지 희망적인 소식을 덧붙입니다.

최근 연구 결과에 따르면, 무수히 많은 다중 우주 속에서는 세계대전이 다섯 번 이하로 일어난 평화로운 곳이 있을 수도 있다고 합니다.

터무니없는 가능성이긴 하지만, 정말 운이 좋다면 그대가 도약한 우주가 기이할 정도로 완벽한 평화를 이룬 세상일지도 모릅니다.

만약 그렇다면 저희에 대한 것은 완전히 잊어버리시길 바랍니다.

죄책감을 가질 필요는 없습니다.

엄청나게 희박한 확률을 뚫고 도착한 그곳에서마저 그대에게 과업의 무게를 짊어지게 하고 싶지는 않거든요. 그저 그 세계의 평화를 만끽하면서 즐거운 삶을 사셨으면 합니다.

부디 모든 걸 버리고 도약한 그곳에 언제나 행복만 가득하기를 바랍니다.

05.
JUSTIFICATION :

당신의
안락한 죽음을
위하여

음, 어디서부터 설명해 드리는 게 좋을까요?

일단 이 기계가 무엇인지 궁금하실 거예요.

이 기계는 최신식 안락사 기계랍니다.

자리에 누워 버튼을 누르면 자체적으로 질소 농도를 높여 스르륵 잠에 빠지게 하죠. 그리고 몇 분 지나면 질소 중독으로 사망에 이르게 해요. 이 과정에서 고통은 전혀 없죠. 오히려 기분 좋은 나른함을 느낀다고 하더군요.

참 이렇게 보면 안락사의 대중화가 정말 많은 것을 바꿔놓았다는 생각이 들어요. 죽음 앞에 과연 '안락'이라는 단어가 어울리는지는 의심되지만요.

그래도 어찌 됐든 중요한 것은 이제 사회적으로 안락사가 전반적으로 받아들여지게 됐다는 점이겠죠. 지금 이렇게 안락사용 기계까지 생겼고요. 물론 당신이 안락사에 대해서 어떻게 생각하시는지 모르겠어요. 다만, 제 짧은 소견으로 한마디 말하자면 저는 아직도 안락사가 대중화된 것이 과연 '인간다운' 일인지 잘 모르겠다는 거예요.

솔직히 그렇잖아요.

사람이라면 누구나 살다 보면 한 번쯤 '이렇게 살 바에는 차라리 죽어버리고 싶다!'라고 생각한 적이 있을 텐데, 그걸 합법화하고 조력 기계까지 만들다니요. 불과 몇십 년 전만 해도 상상도 못 할 일이에요.

누군가는 안락사를 합법화하고 그 절차를 단순화하면 사람들이 오히려 죽음을 두려워하고, 삶을 깊게 고찰할 것이라고 말했죠. 하지만 지금 이 세상을 돌아보세요. 다들 그렇게 생각하던가요?

아니에요. 우리가 죽음을 두려워하는 것은 그저 죽음으로 가는 길이 고통스럽기 때문이에요. 인류의 역사가 시작된 이래로 스스로 죽음을 택하는 이들은 언제라도 있었어요. 하지만 지금처럼 많지는 않았죠. 왜 그랬을까요? 간단해요. 죽음으로 가는 과정은 몹시 아프거든요.

한번 날카로운 칼로 목을 긋거나, 고층 건물에서 뛰어내리는 상상을 해보세요. 몸이 절로 떨리지 않나요? 저는 상상만 해도 오한이 든답니다. 보기와 달리 겁이 많거든요. 이렇게만 보면, 결국 인간이 두려워한 건 죽음이 아니라 고통이란 생각이 들어요.

편안한 죽음에 이를 수 있는 다양한 기계와 약이 출시되면서 사람들이 줄지어 안락사를 신청한 것도 바로 이것 때문이겠죠. 결국은 그들 모두 죽음이 아니라 고통에 쫓겨 살고 있는 거예요. 어떻게 보면 참 인간이란 존재는 불쌍하죠.

그 증거로 안락한 죽음이 대중화되자 아무도 자신의 삶을 돌아보지 않아요. 그저 죽음으로 가는 길이 편해졌다는 사실을 기뻐할 뿐이죠. 거기다 이제는 사람들이 자살을 무슨 낭만적인 유행처럼 생각하기까지 하잖아요. 근대 유럽에서는 폐결핵에 걸리면 피부가 새하얗게 되면서 말라 죽어가는 걸 보고 역설적이게도 그 병에 걸리고 싶어 하는 낭만주의자들이 있었다고 하잖아요.

지금도 딱 그 꼴이에요. 혹시 SNS에서 안락사에 대해 검색해 본 적 있으세요? 관심받고 싶어 하는 멍청이들이 안락사를 영원한 안식이라느니, 나는 나를 파괴할 권리가 있다느니 하면서 죽고 싶어서 안달 난 글을 하루에도 몇 번씩 써대요.

그러다가 몇 번 관심 좀 받으면, 꽃 한 송이 들고 예쁘게 차려입은 뒤 안락사 기계 안에 들어가는 사진을 찍어 올리죠. 거기에 슬픈 시와 절절한 노래 한 곡 덧붙이고요. 참, 이런 말 하긴 좀 그렇지만 왜 그렇게 다들 자기 자신을 비련의 주인공으로 꾸미고 싶어 안달이 났는지 모르겠다니까요.

사실 여기까지 오게 된 것 전부 죽음 자유주의자들 덕분이죠. 안락사 대중화에 지대한 역할을 끼친 분들이요. 처음에 안락사 합법 논란이 있었을 때, 죽음 자유주의자들이 한 연설을 혹시 들으신 적 있나요?

나는 내 삶의 주권자다. 태어나는 것에 선택은 없었을지언정, 죽음은 기꺼이 선택하리라. 내 죽음의 주권은 오직 내 것이며 그것이 신의 섭리든, 나라의 뜻이든, 단체의 합의든 거스르지 못한다. 나는 온전히 내 죽음의 주권을 지키고, 또 사용하리라. 이것은 모든 인간이 가진 진정한 권리다.

캬! 정말 멋진 말이에요. 듣자 하니, 이 연설을 한 사람은 나름 먹물 좀 먹었다면서요? 하긴, 똑똑하고 공부를 잘하니 이런 그럴듯한 말도 하죠.

그래요. 살고 싶어서 태어난 사람은 없죠. 무엇보다 지금처럼 팍팍한 세상을 사는 사람이라면 한 번쯤 모든 것을 끝내는 상상을 해봤을 거예요. 어쩌면 제법 오래 고민해 본 사람도 있겠죠. 이 사람의 연설은 그런 사람들의 기본적인 욕구를 간질이는 울림이 있었어요. 그 덕에 엄청난 지지를 받았죠. 그 증거로 연설이 생중계된 뒤로 죽음 자유주의가 엄청나게 퍼졌잖아요.

물론 모든 사람이 안락사를 찬성한 건 아니에요. 특히 종교계와 정부가 기를 쓰고 반대했죠. 정부 입장에서는 나라를 지탱하는 국민들이 서로 죽으려고 하니 고생이었을 거예요. 종교계는 자살을 아예 죄악으로 구분하니 두 번 말할 것도 없고요. 하루에도 몇 번이고 종교계 인사들이 텔레비전에 나와서 자살을 생각도 하지 말라고 호소했죠.

　하지만 지금 이 시대를 봐요. 시간이 걸리긴 했지만, 결국에는 그 죽음 자유주의자들이 이겼어요. 그들은 고통을 줄여주는 약과 기계를 발명했죠. 몇몇 죽음 자유주의자들은 일종의 사회 운동처럼 그것을 무상으로 제공했어요.

　안락사용 약을 음식에 끼워 전달하거나, 기계 도면을 인터넷에 무료로 배포하기도 했죠. 아무리 정부가 단속해도 그들을 막을 수는 없었어요. 그들은 아예 '당신의 안락한 죽음을 응원합니다.'라는 문구까지 쓰면서 홍보해 댔죠. 그들이 입이 닳도록 말하는 '인간의 진정한 권리'를 위해서요.

　이렇게 되다 보니 조금씩 사회의 시선도 달라졌죠. 정부는 곳곳에서 일어나는 안락사 시위를 막을 수 없어 결국 제한적인 범위에서 허용했죠. 그 대상자는 대부분 회생 불가능한 병에 걸린 환자들이었어요. 그들은 고통스러운 삶을 차라리 끝내고 싶어 했죠. 어느 정도 납득이 가는 이유였어요.

　그런데 한번 이렇게 허용되니, 다음에는 정신적인 병에 걸린 사람들이 안락사를 원했죠. 그들은 몸이 아닌, 정신의 고통을 호소하면서 죽음을 원했어요. 물론 처음에 이것은 단칼에 거절됐지만요.

　그러자 안락사의 범위를 넓혀달라는 시위가 이어졌어요. 몇몇 환자들은 아예 자살 시늉까지 하면서 정부에 호소했고요. 결국 정부는 백기를 들었고, 정신적인 병에 걸린 사람들에게도 안락사가 허용되었죠. 어떻게 보면 분기점 같은 순간이었어요.

처음 정부는 반드시 전문의의 심도 있는 상담과 결정이 필요하다고 못을 박아놨죠. 아마 어떻게든 안락사 신청자를 줄이고 싶어서 그런 걸 거예요. 하지만 한번 이렇게 틈이 생기자 환자 편에 서는 의사들이 생기기 시작한 게 문제였어요.

그들도 환자들을 동정했을 겁니다. 꼭꼭 숨겨놓았던 트라우마를 내뱉으면서 자신에게 죽음을 선고해 달라는 이들을 어떻게 지나치겠어요? 어쩌면 자신의 바짓가랑이를 붙들고 호소하는 이들은 정말 '죽을만한 이유'가 있다고 생각했을지도 모르죠.

아무튼 그렇게 하나둘 안락사 허가를 받기 시작하자, 사람들은 소문을 쫓아 허가를 내려준 의사들을 찾아가기 시작했어요. 저 의사에게 가면 허가를 쉽게 내준다더라. 이 말 하나에 몇 날 며칠을 줄을 서서 상담을 신청한 사람들도 있었을 정도예요. 어떤 이들은 돈으로 의사를 매수하기까지 했어요.

안락사 기계가 널리 퍼진 것도 문제라면 문제죠. 정부가 관리한다고 해도, 불법 기계가 시중에 나도는 건 어쩔 수 없는 일이잖아요. 도면만 있으면 어떤 식으로든 만들 수도 있어요. 어차피 기계를 사용하면 자신은 죽어서 영영 법의 처벌을 받지 않을 텐데, 까짓것 단속이 무섭겠어요? 죽음 자유주의자들의 노력이 시간이 지나면서 빛을 본 셈이죠.

이렇게 안락사에 대한 허들이 낮아지자 이제는 늙은 사람들이

나서기 시작했죠. 의학의 발달로 지나치게 늘어난 인류의 수명이 그들에겐 축복이 아니었던 거예요. 충분히 살 만큼 산 사람들은 자신에게도 존엄한 죽음을 달라면서 안락사를 요청했죠. 죽음 자유주의자들이 그들 편에 섰고요. 덕분에 지금은 아예 85살이 넘으면, 어련히 제 발로 안락사 기계에 들어가는 걸 예의라고 한다죠?

이후 안락사는 급물살을 타기 시작했어요. 각자만의 이유로 타당한 죽음의 이유를 들면서 안락사를 요청했죠.

늙어서, 못생겨서, 키가 작아서, 뚱뚱해서, 말라서, 재능 없어서, 남자라서, 여자라서, 어려서, 장애가 있어서, 우울해서, 직장에서 해고당해서, 연인한테 차여서, 취업이 안 돼서, 가족 중 한 명이 죽어서, 대학에 떨어져서, 성적이 안 나와서, 부모님이 싫어서, 빚이 생겨서, 자식이 싫어서, 반려동물이 죽어서, 태어난 나라가 싫어서, 일하기 싫어서, 범죄를 저질러서, 사업이 잘 안 풀려서, 장사가 안돼서, 친구한테 절교당해서, 학교나 직장에서 따돌림을 당해서 모두 죽기를 바랐죠. 이제는 적당히 이유를 대면 어딜 가도 안락사 허가증을 끊어줘요. 참 희한한 세상이라니까요.

그들의 죽음을 비하하고 싶은 게 아니에요. 각자 생각하는 타당한 이유가 있기에 죽음을 원했던 거겠죠. 저는 그들의 안락사 욕구를 이해해요. 이렇게만 보면 사람이란 존재는 죽기 위해 산다는 생각마저 들어요. 모두가 죽음을 꿈꾸고 있고, 결국은 각자만의 방법으로 그것을 찾아가는 거죠.

당신은 그렇지 않다고요?

그건 이제 와서 중요한 게 아니랍니다.

안락사가 일어나도 아무도 신경 쓰지 않는 지금 상황이 중요한 거죠.

특히 당신처럼 평범하기 짝이 없는 사람일수록 그렇죠.

당신은 함께할 가족이나 연인이 있는 것도 아니고, 확고한 신념을 가진 종교가 있는 것도 아니에요. 그런다고 삶을 억척스럽게 이어갈 뚜렷한 이유가 있는 것도 아니고요.

맞아요.

당신 같은 사람은 안락사를 '당해도' 이제 아무도 의심하지 않아요.

모두가 그렇듯 각자만의 이유로 안락사를 선택했다고 여기겠죠.

이해해 줘요.

아무리 안락사가 대중화되었다고 해도 세상에는 어떤 식으로든 살길 원하는 사람들이 있거든요. 그 사람들은 당신의 싱싱한 장기를 필요로 해요. 콩팥, 폐, 심장, 췌장, 간, 눈, 피부…… 당신의 몸은 정말 많은 사람에게 희망을 줄 거예요.

어떤 의미로는 이런 시대의 흐름이 제게는 다행스러운 일이죠. 과거 저 같은 사람들은 무척 힘들게 일했답니다. 하지만 안락사를 선택한 사람이 늘면서 지금은 무척 편하게 일하고 있어요. 경찰 조사를 쉽게 따돌릴 수 있는 데다 뒤처리도 깔끔하거든요.

구구절절 이야기가 길어졌네요. 이제 곧 약효가 깰 텐데, 그래도 가는 길에 예의상 이유는 덧붙이고 싶었어요.

그럼 버튼을 누를게요. 한숨 푹 자요. 그대로 단 몇 분이면 모든 게 끝날 거예요. 최신식 기계라 가는 길은 편할 거예요.

그럼, 안녕.

당신의 안락한 죽음을 언제나 응원할게요.

06.
JEWELLERY :

실로
아름답고,
실로 완벽한

길을 헤매다 도착한 그곳에서 실로 아름답고 완벽한 저택을 보았다.
　이사한 동네의 지리도 익힐 겸 혼자 이곳저곳을 돌아다니다 길을 잃었던 참이었다. 해는 조금씩 지고 있었고, 온종일 걸어 다닌 탓에 지칠 대로 지친 상태였다. 길거리에는 그 흔한 이정표 하나도 없었다. 이대로라면 어딘지도 모를 어두컴컴한 곳에 홀로 남겨질 판이었다. 애가 탔던 나는 이곳저곳을 기웃거리며 무작정 성급히 발걸음을 옮겼다.
　그러다 비비 꼬인 골목 저편에 있는 거대한 저택을 발견했다. 한눈에 보기에도 관리가 잘된 고풍스러운 곳이었다. 정갈하게 정돈된 정원에는 이름 모를 꽃들이 색깔별로 피어 있었고, 그 사이로 오렌지색 외길이 저택과 정문을 잇고 있었다. 저택의 벽은 짙은

상아색이었는데, 이 때문에 햇빛을 적절히 반사시켜 건물 전체가 햇빛의 빛을 따라 너울거리는 느낌을 줬다.

곧장 무언가에 홀린 듯 저택으로 향했다. 하지만 정문이 굳게 닫혀 있는 데다, 그 위로 날카로운 철조망이 둘려 있어 들어갈 엄두가 나지 않았다. 다행히 담벼락이 그리 높지 않아 내부는 그럭저럭 잘 보였다.

저택은 총 3층이었다. 너무 작지도, 크지도 않아 오히려 주위에 잘 어울리는 높이였다. 발코니마다 화려한 장미 무늬가 음각으로 새겨져 있고 처마 끝에 천사 모양 조각상까지 있어, 보고 있노라면 꼭 이곳과 전혀 다른 세계를 엿보는 기분이 들었다.

나는 미술품을 감상하듯이 저택 곳곳을 뜯어보았다. 그리고 이내 발코니에 있는 누군가와 눈이 마주쳤다. 순간 입에서 헛, 하고 알 수 없는 소리가 저절로 튀어나왔다.

저택의 발코니에는 이름 모를 소녀가 있었다.

소녀는 울지도, 웃지도 않은 어중간한 표정을 지은 채로 바깥만 말없이 응시하는 중이었다. 하늘거리는 커다란 드레스를 걸치고 있었고, 머리에는 햇볕을 막아줄 커다란 차양 모자를 푹 눌러쓰고 있었다.

소녀는 발코니에 몸을 기댄 채 아무것도 하지 않았다. 때때로 하늘을 오가는 새들을 말없이 지켜보는 게 하는 일의 전부였다. 오히려 그 점이 저택의 분위기와 잘 어울렸다. 소녀에게는 주위 풍경에 기대어 녹아드는 그윽한 매력이 있었다.

　대체 저 소녀는 왜 저기에 앉아 있는 걸까. 무슨 사연이 있는 걸까. 누구를 기다리는 걸까. 그렇다면 그 누군가는 누구일까. 소녀를 보고 있노라면 이런 물음이 자꾸만 치솟았다. 그리고 그게 오히려 소녀를 향한 묘한 끌림을 부채질했다.

　무엇보다 가장 이목을 붙드는 것은 소녀의 오른쪽 약지에 꽂힌 붉은색 보석 반지였다. 붉은 보석 반지는 어린 소녀가 착용하기에는 컸다. 어떻게 보면 무겁지 않을지 염려되는 수준이었다. 그와 별개로 새하얀 소녀의 손가락은 붉은 보석과 매우 잘 어울렸다.

　소녀는 이런 염려가 무색할 정도로 반지를 절대 손가락에서 빼지 않았다. 오히려 보란 듯이 틈만 나면 창밖으로 내보이곤 했다. 그럴 때마다 보석의 붉은 빛은 아른거리며 반짝였다.

　소녀는 그렇게 발코니에 서서 한없이 자리만 지켰다. 얼떨결에 그 앞에 도착한 나는 소녀의 모습에 놀라 한동안 우두커니 서 있을 수밖에 없었다. 그만큼 소녀라는 존재는 내게 놀라움이자 떨림으로 다가왔다.

　이후 저택을 찾아가는 것은 중요한 일과가 되었다. 마치 무언가 거대한 것이 불러내기라도 하는 듯이 소녀와 처음 만났던 해 질 무렵이 되면 나도 모르게 저택으로 향하곤 했다. 물론 언제 찾아가도 소녀는 발코니에서 말없이 나를 맞이했다.

　그렇다고 소녀가 내게 인사하거나, 말을 건네는 일은 없었다.

그냥 내가 오든 말든 무시로 일관했다. 그래도 나는 소녀를 볼 수 있다는 사실이 그저 좋았다.

저택과 소녀를 향한 나의 마음은 일종의 선망에 가까웠다. 흐드러지게 피어난 꽃이나 노을로 붉게 물든 하늘을 보면서 모두가 감탄하듯이, 소녀에게는 지극히 당연한 아름다움이 있었다. 그래서 소녀를 찾아가면 항상 설명하기 힘든 거룩함으로 가득 채워지곤 했다.

그렇게 얼마나 저택을 오갔을까. 조금씩 이상한 점이 눈에 들어왔다. 우선 저택에는 소녀 외에 아무런 사람도 보이지 않았다. 저택은 넓었다. 하지만 청소하는 사람이나, 정원을 손질하는 사람은 어디에도 없었다. 그럼에도 내가 처음 저택을 보았을 때와 마찬가지로 정원은 줄곧 말끔한 상태를 유지했다.

거기다 지금까지 단 한 번도 누군가 저택에 드나드는 것을 보지 못했다. 가족도, 고용인도 없는 것 같았다. 그럼에도 소녀는 변함없는 모습으로 저택을 지켰다. 여기서 내가 느낀 이상함은 얼마 지나지 않아 의문으로 바뀌었다. 대체 아무도 드나들지 않은 이 저택은 어떻게 유지되고 있는 건지, 그리고 어째서 늘 소녀는 늘 같은 자리만 지키고 있는 건지 온갖 물음이 꼬리에 꼬리를 물었다. 어쩌면 소녀는 심각한 병이나 장애가 있거나, 남에게 밝히기 어려운 속사정이 있어 줄곧 제자리만 지키고 있는 것일지 모른다. 여기까지 생각이 뻗자 조금씩 소녀를 향한 걱정 때문에 애가 탔다.

이런 복잡한 감정을 품은 채 몇 번이고 저택을 방문했다. 물론 저택을 방문해도 내가 할 수 있는 것은 발코니에 앉아 있는 소녀를 그저 바라보는 것뿐이었다. 나는 차라리 그녀가 입을 열어 내게 뭐라고 말이라도 해줬으면 했다.

만에 하나가 그녀가 비명을 지르면서 도움을 청하면, 모든 걸 걸고 직접 들어가 구해줄 생각이었다. 반대로 그녀가 별일 없다고 말했다면, 나도 웃으면서 안심했을 것이다. 하지만 단순한 반응조차 보이지 않으니, 보고 있는 사람 입장에서는 답답할 노릇이었다.

이렇게 불안한 방문이 이어진 지 며칠째, 평소와 다름없이 가벼운 마음으로 저택을 방문한 나는 뭔가 저택에 변화가 있다는 걸 감지했다.

정원도, 소녀도 평소와 다를 바가 없었다. 그런데 그날은 달랐다. 굳게 닫혀 있던 철문이 빠끔히 열려 있었던 것이다.

열린 문을 보자마자 심장이 쿵쿵 뛰었다. 이건 분명 누군가 드나들었던 흔적이었다. 그렇다면 지금까지의 고민은 생각 이상으로 실없는 것일 가능성이 컸다. 아닌 말로, 여기에 사람은 꾸준히 드나들었는데 우연히 나랑 시간대가 맞지 않아 마주치지 않은 것일지도 몰랐다.

고민 끝에 나는 조심스럽게 철문 안으로 힐끗 눈길을 던졌다. 담벼락 너머로 보이던 평화로운 정원의 풍경이 시야를 가득 채웠다. 사람은 아무도 없었다. 몇 번이고 주위를 살피다가 뒷걸음쳐서 물러났다. 일단 누구든지 안에 드나드는 사람이 있다는 것만 확인하면 됐다. 괜히 얼쩡거리다가 의심받는 것은 피하고 싶었다.

안도의 숨을 내쉬고는, 다시 담벼락 너머의 소녀로 눈길을 돌렸다. 소녀는 무심한 얼굴로 여전히 밖을 보고 있었다. 그런데 무슨 일인지 표정이 다른 날과 달리 사뭇 슬퍼 보였다. 그걸 보자 왠지 모를 불안에 가슴이 철렁했다.

소녀를 향해 가만히 손을 흔들었다. 소녀는 나를 발견하자마자 조용히 눈을 내리깔았다. 어딘가 아쉬워하는 것 같기도 하고, 슬퍼 보이기도 했다. 단 한 번도 보여준 적이 없는 반응이었다.

그 모습에서 기묘한 호기심이 등을 떠밀었다. 어쩌면 정말 나는 모르는, 무슨 사연이 있을지도 모른다. 이 생각이 머릿속을 가득 채웠다. 동시에 선망하던 소녀와 얼굴을 마주하고 이야기를 나누고 싶다는 갈망이 차츰차츰 커져갔다.

저 아이와 함께, 저 자리에 앉아서, 같은 풍경을 바라볼 수 있다면. 저 아이의 목소리를 직접 듣고, 시시한 이야기라도 주고받을 수 있다면. 하다못해, 하다못해 이름이라도 알 수 있다면⋯⋯ 이어지는 생각 속에서 내 몸은 어느새 철문 앞에 도달해 있었다.

철문은 여전히 열려 있었다. 잠시 철문 앞에 서서 짧게 심호흡을 내뱉었다. 소녀가 저 안에 있단 것 하나만으로도 모든 것을 극복하기에 충분했다. 천천히 문을 열고 발을 내디뎠다. 다행히 나를 저지하러 오는 사람은 없었다.

행여나 누군가 튀어나와 다그치면 어쩌나, 하고 조마조마했지만 이런 고민은 무의미한 것이었다. 문을 열고 들어가 정원을 가로지르는 동안에 그 누구도 나타나지 않았다. 나는 이 사실에 감사하며 서둘러 발걸음을 옮겼다.

가까이서 본 저택은 생각 이상으로 으리으리했다. 저택의 기둥을 휘둘러 감은 조각부터 기와 무늬까지 꼭 살아 있는 생물처럼 생동감이 넘쳤다. 저택의 거대한 모습에 혹시나 하는 두려움은 쏙 사라졌다. 오히려 놀라운 이곳을 독차지한 것 같은 어처구니없는 충족감마저 들었다.

저택 앞에 도달하자, 화려한 유리문이 내 앞을 가로막았다. 조심스럽게 밀어보니, 허무하리만큼 쉽게 문이 열렸다. 애초부터 문은 잠겨 있지 않은 모양이었다. 나는 슬쩍 주위를 둘러봤다. 여기에도 아무도 없었다.

여기까지 온 이상 돌아가는 건 아쉽다. 무엇보다 담벼락 너머에 있던 소녀가 저 위에 있는데 이대로 돌아갈 순 없다. 만약 누군가에게 들켜도 저 위의 소녀와 친구가 되고 싶었다고 당돌하게 이야기한다면 의외로 웃으면서 나를 반길지도 모른다. 여기까지 생각하자 두려움이 옅어져 망설일 것 없이 문을 밀었다.

저택 내부는 바깥만큼이나 화려했다. 바닥에는 부드러운 카펫이 깔려 있었고, 벽에는 기기묘묘한 그림들이 그려져 있었다. 모퉁이마다 다양한 모습의 조각상이 세워져 있어 눈길을 끌었다. 곳곳에 세워져 있는 가구들 역시 딱 봐도 고가품이었다.

　가구와 장식품들은 흡사 사람의 장기처럼 오밀조밀하게 조화를 이루고 있었다. 나는 넋을 잃고 저택 내부를 구경했다. 그러다가 2층으로 향하는 계단을 발견했다. 계단은 소녀가 있는 발코니 방향으로 굽어 있었다. 저걸 타고 위로 올라가면 소녀가 있는 곳에 닿을 수 있었다. 이쯤 되니 점점 숨이 가빠졌다.

　헐레벌떡 계단을 타고 올랐다. 발코니에 기댄 소녀가, 밝은 웃음을 지으며 돌아보는 모습이 자연스럽게 그려졌다. 급한 발걸음에 계단 전체가 쿵쿵 울렸다. 나는 소녀가 이 소리를 듣고 내가 자신에게 오고 있음을 알아챘으면 했다.

　그렇게 나는 2층에 도착했다. 소녀가 서 있던, 그 발코니 앞으로.

　소녀는 여전히 늘 있던 자리에 앉아 불어오는 바람을 맞고 있었다. 바람을 따라 소녀의 치렁치렁한 머리카락이 흩날렸다. 그 모습을 보니 지금까지 고민했던 것이 무의미하게 느껴졌다. 소녀를, 내가 사랑하는 소녀를 지금 눈앞에서 볼 수 있는데 왜 그렇게 고민했던 걸까.

　떨리는 가슴을 진정시키면서 앞으로 향했다. 소녀는 그제야 나를 발견했는지 조심스럽게 고개를 돌렸다. 소녀가 나를 보고 놀라지 않을까 걱정했지만, 다행히 소녀는 손만 가볍게 까딱거릴 뿐이었다.

　난 그 손길을 따라 소녀가 기대고 있던 발코니로 향했다. 가까이서 본 소녀의 모습은 몇 배는 더 아름다웠다. 소녀가 나를 보고 웃고 있단 사실에 심장 박동이 절로 올라갔다. 발코니에서 불어온 바람 한 줄기가 내 몸을 훑었다.

소녀는 긴 머리카락을 쓸어 넘기며, 내게 고개를 꾸벅 숙여 인사했다. 예상치 못한 반응에 나도 얼떨결에 고개를 숙였다. 소녀는 말없이 내 손을 붙잡았다. 날 붙잡은 그 손에서 간절함이 읽혀졌다. 소녀 역시 나를 만나기를 고대해 왔던 모양이었다.

준비한 인사를 더듬더듬 꺼냈다. 소녀는 인사를 듣고 까르륵 웃었다. 나도 덩달아 웃었다. 처음 듣는 소녀의 웃음소리가 그저 좋았다. 소녀는 그렇게 잠시 웃다가, 손가락에 있던 반지를 빼냈다. 붉은빛이 감도는 보석이 박힌, 그 반지였다.

소녀는 맞잡은 내 손가락에 조심스럽게 반지를 끼웠다. 나는 소녀가 어째서 처음 만난 나에게 이런 귀한 선물을 주는지 이해할 수 없었다.

반지는 마치 나를 위해 준비한 것처럼 딱 맞았다. 손가락을 타고 올라오는 차가운 금속의 감촉과 어른거리는 보석의 붉은 빛이 전신의 감각을 일순간 빼앗았다. 소녀는 그렇게 내 손에 반지를 끼워준 뒤에 실로 홀가분하게 웃었다.

이내 소녀의 모습은 서서히 허물어졌다.

눈 깜짝할 사이의 일이었다. 소녀는 머리부터 부서져서 순식간에 한 줌의 먼지로 변했다.

나는 화들짝 놀라 소녀에게 손을 뻗었지만, 이미 소녀의 형태는 뭉개진 지 오래였다. 마침 불어오는 바람에 소녀의 몸을 이루고 있던 먼지가 사방으로 흩날렸다. 예상치 못한 상황에 비명조차 나오지 않았다.

그리고 그 순간, 나는 뭔가 달라져 있음을 느꼈다.

무언가 거대한 무형의 힘이 나를 붙들고 있었다. 천천히 반지가 끼워진 손을 들어 올렸다. 손가락은 희고 고왔다. 지금까지 내 손가락과는 전혀 다르게.

손가락뿐이 아니었다. 내가 입고 있는 옷은 하늘거리는 원피스로 변해 있었고, 머리카락이 자라나 어깨를 덮고 있었다. 거기다 어느새 머리 깊숙이 차양 모자를 눌러쓴 상태였다.

나는 놀라서 얼굴을 더듬었다. 평생 느껴본 적 없는 이질적인 감각이 손끝에 닿았다. 이건 내가 아니다. 이건 내가 사랑하던 소녀의 얼굴이었다.

내가 소녀가 된 것이다.

받아들일 수 없는 이 상황에 반사적으로 비명이 튀어나왔다. 하지만 내 목소리는 입 밖으로 나가기도 전에 사그라졌다. 이윽고 내 몸은 저절로 정원이 펼쳐져 있는 발코니로 향했다. 그리고 지금까지 소녀가 그랬던 것처럼 차분히 몸을 기댔다.

곧 등 언저리로 꿈틀거리며 거대한 감정이 휘몰아쳤다. 흡사 신경을 타고 하나의 감각이 공유되듯이 기쁨과 만족감이 전신에 밀려왔다. 내가, 이곳이, 이 저택이 기뻐하고 있다. 건물의 이음새와 벽지 하나하나마저도 새로운 '일부'가 왔음을 반기고 있다.

뒤늦게 저택 안을 채우고 있던 예술품과 가구들이 떠올랐다. 장기처럼 적절한 조화를 이룬 채 각자의 자리에 놓여 있었다. 그건 소녀 역시 마찬가지였다. 집이라면 응당 거주하고 있는 사람이 있어야 하지 않겠는가.

반지 위에서 반짝이는 붉은 보석처럼, 여기에 서서 저택을 돋보이게 하는 존재.

저택에는 그런 존재가 필요했다.

그리고 이제는 그게 '나'였다.

당연한 깨달음이 의식을 뚫고 이어졌다. 저택의 의지가 온몸을 짓누르며 뒤덮어 가는 것이 생생히 느껴졌다.

어이가 없어서 웃음조차 나오지 않았다. 아니, 웃을 수 없었다. 반대로 우는 것도 할 수 없었다. 장식품에게는 웃음도 눈물도 없다. 그저 저택에 어울리는 무표정한 얼굴을 유지한 채 자리를 지키는 것이 할 수 있는 전부였다.

팔도, 다리도 움직이지 않았다. 누군가 억지로 조종하고 있는 것처럼 나를 발코니에 단단히 붙들었다. 뒤늦게 왜 문 앞에서 주저하던 나를 보고 슬퍼했는지, 그리고 막상 내가 도착하니 홀가분하게 웃었는지 이해가 갔다. 여기 서서 장식품 노릇을 하는 게 재밌지는 않았을 테니, 내가 어서 와서 자신을 대신해 주길 바랐던 거겠지.

　어찌 됐든 나는 이제 저택의 일부가 되었다. 하는 일은 2층 발코니에 몸을 기댄 채 하루 종일 창문 바깥을 바라보는 것뿐. 나로 말미암아 이 저택은 한결 더 아름다워지고, 완벽해질 수 있다. 이를 위해 나는 이 모습을 유지한 채 자리를 지키게 될 것이다.

　운 나쁜 누군가가 이 자리를 대신할 때까지.

　영원히, 그리고 또 영원히.

07.
JUNK :

쓰레기
무단 투기는
멈춰주시지요

안녕하십니까?

본 공고문은 지속되는 쓰레기 무단 투기와 관련하여 우리의 입장을 단호하게 밝히기 위해 작성되었음을 미리 알립니다.

첫인사에서 말씀드렸듯이, 근 100년간 귀하는 지속해서 쓰레기 무단 투기를 진행해 왔습니다. 처음에는 단순히 금속 덩어리 정도였기에 저희는 특별한 대응을 하지 않았습니다. 엉성하게 만든 물건이 사소한 실수로 저희 쪽으로 사출되었다고 여겼을 따름입니다.

귀하께서는 저희의 대응이 미적지근하다는 것을 간파했는지, 본격적으로 쓰레기 무단 투기를 하기 시작하셨습니다. 금속덩어리뿐만 아니라 온갖 전파를 저희 쪽으로 투기하셨지요. 기껏 해봐야 자신들이 어디에 있고, 뭘 하고 사는지 소개하는 보잘것없는 내용이었습니다.

내용 자체가 단순하고 별 볼 일 없는 것이라 저희는 대수롭지 않게 여겼습니다. 그런데 그 순간을 기점 삼아 저희 쪽으로 무단 투기 되는 쓰레기의 양이 본격적으로 늘어나기 시작했습니다.

처음에는 한두 개 정도였지만, 몇백, 몇천 개 이상으로 늘자 저희 입장에서도 여간 곤란한 게 아닙니다. 주민들의 불편함은 물론이요, 처리 비용도 만만치 않은 상황입니다.

저희는 이런 여러분의 행동을 참다못해 즉시 멈출 것을 단호히 공지했습니다. 행여 못 보고 지나치실까 봐 여러분의 뜰 안에 수차례 경고 메시지를 남겨놨는데, 설마 이제 와서 몰랐다는 말씀은 하지 않으시리라 믿습니다.

저희들 중 일부는 여러분들이 지금 과연 자신이 무슨 짓을 하는지 가늠할 만큼 지성이 발달하지 않았다며 너그럽게 이해해야 한다고 주장하기도 했습니다. 저희들 대부분도 그 의견에 공감은 합니다. 하지만 현실적인 불편함 때문에 이렇게 나설 수밖에 없다는 것을 이해해 주시길 바랍니다.

물론 여러분들의 호기심과 탐구심은 충분히 이해합니다.

하지만 저희 은하계 지성체 연맹은 안티코라니 라뉼리즘 척도에서 우란드 등급 이상의 판정을 받은 존재만 통합 교류에 참여할 수 있도록 규정하고 있습니다.

안타깝게도 귀하는 아직 안틀 등급으로 저희 통합 교류에 참여하기 위해서는 몇 단계 등급 상승을 거쳐야 합니다.

그러니 지구인 여러분, 제발 부탁드리니, 우주 밖의 존재에게 자신을 알리고자 전파나 로켓을 쏘아대는 건 멈춰주시길 바랍니다.

여러분들의 지속적인 쓰레기 무단 투기는 그저 반감만 사고 있다는 것을 이번 공지를 통해 알리는 바입니다. 만약 이런 상황 속에서도 쓰레기 무단 투기가 계속된다면, 지극히 경미한 정도의 물리적 제재가 가해질 수 있음을 알립니다.

그러면 부디 귀하의 너그러운 이해와 발 빠른 조치가 있기를 바랍니다.

추신 – 자신이 어디에 있고, 누구인지 구태여 지리멸렬하게 설명해 주지 않으셔도 됩니다. 설마 여러분이 알고 있는 것을 저희가 모를까요. 저희가 나서서 대답하지 않는 것은 그만한 이유가 있기 때문입니다. 자신의 존재를 알리기 위해 우주 곳곳에 쓰레기를 투기하는 모습은 그저 지나친 자의식 과잉으로밖에 보이지 않습니다.

08.
JEALOUSY :

형제
사이에
당연한 것

선생님, 지난번에 저한테 하신 말씀을 기억하시나요?

성장기의 형제가 서로에게 질투심을 가지는 것은 흔한 일이라고 말씀하셨잖아요.

네. 맞아요. 당시에는 저는 그 말에 공감했어요. 제게 연년생 아이가 둘이 있었으니까요. 거기다 둘 다 남자아이라 툭 하면 싸워대기 일쑤였죠. 서로 엉겨 붙어 주먹질해 대는 두 아이를 떼어 놓는 게 여간 어려운 일이 아니었던지라, 선생님 말씀에 공감을 많이 했어요.

특히 저는 첫째 아이에게 신경을 많이 썼어요. 첫째들은 동생이 태어나면 배우자가 외도를 했을 정도의 정신적 충격을 받는다고 하셨잖아요. 자신이 독차지했던 사랑을 동생이 빼앗아 간다고 생각해서 말이에요. 그래서 자신보다 힘이 약한 동생을 괴롭히거나, 일부러 사고를 치는 경우도 많다죠.

저희 집 역시 상황이 비슷했어요.

그도 그럴 게 둘째가 걸음마를 하기 시작했을 무렵부터 별의별 사고가 끊이질 않았거든요.

일어난 사고도 참 다양했어요. 둘째가 나무에 올라가 떨어지는 바람에 팔이 부러지거나, 제가 아끼는 화분이 깨져 있거나, 죽은 새들이 현관에 놓여 있곤 했죠. 대부분 아이들이 했을 법한 조잡한 일들이었어요.

저는 그저 첫째도 남들처럼 애정 결핍을 겪는 것이라고 생각했어요. 그렇게 해서라도 부모의 관심을 끌고 싶어 하는 거라고요.

그럴 때마다 저는 첫째를 더 엄하게 나무랐어요. 첫째에게 거는 기대가 많았거든요. 여느 부모나 그렇겠지만, 첫째가 좀 더 반듯하게 자랐으면 했어요. 겸사겸사 동생의 잘못이나 부족함도 너그럽게 이해해 주고 용서해 줄 수 있는 그런 형이 됐으면 했죠.

저희 둘째는, 음, 여러모로 신경이 많이 쓰이는 아이예요. 무슨 짓을 당해도 반항하거나 저항할 줄 몰랐죠. 아까 둘째가 나무에서 떨어져 팔이 부러진 적이 있다고 했죠? 그때도 그랬어요. 부러진 팔을 덜렁거리면서 다가와서는 '형이 그랬어!'라는 말밖에 할 줄 몰랐죠.

저는 그런 둘째가 가여웠어요. 이 세상이 조금 험한 곳인가요? 억울하거나 힘든 일을 당하면 당연히 거기에 대해 맞대응을 해야 하잖아요. 하지만 둘째는 순해 빠져서 형의 잘못을 고발하는 것 말고는 할 줄 아는 게 없었죠. 저는 둘째에게 무슨 일이 생기면 어쩌나 싶어 어딜 가든 마음을 졸이고 살았어요.

하지만 첫째는 그것마저 질투가 났던 모양이에요. 매일 악을 쓰면서 자신은 잘못을 한 게 없다고 난리를 쳤거든요. 버젓이 증거가 있는데 자신의 잘못을 인정하지 않은 첫째가 얼마나 야속했는지 몰라요. 제가 몇 번이나 '잘못을 인정하면 용서해 주겠다. 엄마는 다 이해한다.'라고 말해도 막무가내였죠.

그러다 그 사고가 일어난 거예요.

사고가 일어나기 며칠 전, '제시'라는 고양이 한 마리를 입양했어요. 반려동물을 돌보는 게 아이들 정서에 좋다고 하잖아요. 첫째에게 고양이를 맡기고 정성껏 돌보라고 하면 행동도 교정되고 책임감도 기를 수 있을 거라고 생각했죠.

첫째도 제시를 좋아하더군요. 손수 리본도 달아주고 하루 종일 놀아줬어요. 자신의 친동생보다 제시를 아꼈죠. 그 모습을 보고 혹시 모를 기대를 품었어요. 첫째가 고양이 제시를 돌보듯 이제 곧 동생도 잘 돌볼 거라고 생각했거든요.

그런데 어느 날 아침, 제시가 한쪽 다리가 부러진 채 발견됐어요. 무언가 돌 같은 걸로 강하게 맞은 것 같았죠. 얼마나 놀랐는지 몰라요. 그런 제게 둘째가 그러더군요. '형이 새총으로 제시의 다리를 맞추는 걸 봤다.'라고요.

그 말을 듣자마자 언젠가 선생님이 하셨던 말이 떠올랐어요. 사이코패스 연쇄살인마들은 대부분 어릴 때 동물 학대를 한 경험이 있었다고 하셨잖아요. 남의 고통이나 슬픔에 공감을 못 하기 때문에 동물을 학대하는 데 주저함이 없다고요.

저는 제 배 아파 낳은 첫째가 그런 괴물이 될까 무서웠어요. 곧장 회초리를 들고 첫째를 모질게 체벌했죠. 첫째는 그 와중에도 '나는 그런 적 없어!'라고 거짓말을 해댔지만 귀담아듣지 않았어요.

선생님이 그러셨잖아요. 연쇄살인범의 부모 중에는 지나치게 안일해서 자식에게 문제를 발견해도 어물쩍 넘어가는 경우가 많다고요. 그래서 범죄자로서 인성이 망가질 때까지 방치시킨다죠. 하지만 저는 그런 무책임한 부모는 되고 싶지 않았어요. 정말 그뿐이었죠.

어떻게든 우리 집안 장남을 바르게 키워야 한다는 의무감으로 매질을 했어요. 그걸 견디지 못한 첫째는 울면서 바깥으로 도망쳤어요. 제가 쫓아올까 봐 자전거까지 탔더군요. 회초리를 든 저로부터 멀어지기 위해 힘차게 페달을 밟던 그 순간이 아직도 눈에 선해요.

마주 오던 트럭을 피하지 못했던 것도 아마 그것 때문일 거예요. 즉사였죠, 병원에 데려갈 틈도 없었어요.

그렇게 첫째는 허망하리만큼 쉽게 제 곁을 떠났답니다.

사고 수습에, 장례식에 정말 머리 아픈 일이 휙휙 지나갔어요.

한동안 무슨 정신으로 살았는지 가늠도 안 돼요. 울고, 또 울고, 울기만 했어요. 제가 첫째를 죽게 놔둔 것 같아 죄책감 때문에 미칠 것 같았어요.

그러다가 뒤늦게 저희 둘째가 생각나더라고요. 아마 둘째도 형을 잃어서 몹시 힘들고 슬플 텐데, 그런 아이를 방치해 둔 것 같아 아차 싶었어요. 그래서 억지로 기운을 냈죠. 먼저 간 첫째에게는 미안한 일이지만, 둘째는 제 곁에 남았고, 어찌 됐든 산 사람은 살아야 하니까요.

장례식 후에는 둘째에게 좀 더 신경을 썼어요. 함께 소풍도 가고, 놀아주고, 만화 영화도 보러 갔죠. 즐거웠어요. 아이도 즐거워했고요. 덕분에 다시 일상으로 복귀할 수 있었어요. 회사도 다시 복직했고요.

막상 복직하고 나니, 밀린 일이 한두 개가 아니었어요. 사회생활이 그렇지만, 내가 일을 하지 않으면 또 다른 누가 책임질 수밖에 없는 구조잖아요. 다행히 제 직장 동료들이 처지를 이해해 줘서 큰 탈은 없었어요. 그래도 남에게 무작정 폐만 끼치는 건 실례라는 생각이 들더라고요.

요 며칠간 자진해서 야근을 했어요. 아이에게는 회사 일이 많아 당분간 늦게 들어온다고 일렀었죠. 둘째는 늘 그랬듯이 순한 표정으로 헤헤 웃기만 했어요. 그걸 보고 안심했죠.

그런데 오늘 집에 들어와 보니, 현관 앞에 제시가 난도질이 된 채 놓여 있더군요, 맞아요, 첫째에게 선물한 그 고양이요. 얼마나 피투성이가 됐는지 새하얀 원래 털색이 보이지 않을 정도였어요.

충격이 이만저만이 아니었죠. 행여 어떤 미친 범죄자가 우리 가족을 노리고 있는 건가 싶었어요. 그래서 집에 남아 있던 둘째를 붙잡고 대체 누가 저랬냐고 추궁했죠. 둘째는 웃으면서 평소와 같이 '형이 그랬어!'란 말만 했어요.

이상하죠, 선생님.

저희 첫째는 죽었는데, 대체 둘째는 누구를 말하는 걸까요.

아까도 말했지만, 성장기의 형제가 서로에게 질투심을 가지는 것은 흔한 일이라고 하셨죠?

그거, 혹시 둘째도 할 수 있는 건가요?

09.
JUBILEE :

약속의
때가
왔다

주인 양반, 표정이 왜 그러시오?

아아, 그렇군.

지금 이 상황이 조금 이해가 안 갈 거야. 그렇지?

그러면 짧막하게나마 설명이 필요하겠군.

주인 양반, 혹시 희년(禧年)에 대해 들어보셨소?

희년은 일정 주기마다 돌아오는 특별한 해를 일컫소이다.

지금은 잊힌 고대의 법률이지. 그 해가 돌아오면 모든 채무가 사라진다오.

빚을 져서 노예가 되었던 자들은 해방되고, 어떤 불합리한 거래라도 합법적으로 무를 수 있지. 아무리 큰 빚을 졌다고 해도 그 해가 돌아오면 전부 없어진다오. 먼 옛날에도 인심은 있었다는 증거라고 해야 할까.

물론 돈 있고, 힘 있는 사람들 입장에서는 이 희년이라는 것이 그리 달갑지 않을 거요. 하지만 우리같이 아래에 있는 것들은 생각이 다르단 말씀이오.

모든 노예가 그러했듯 우리는 언젠가 돌아올 해방의 희년을 목 놓아 기다렸다오. 그 해가 돌아오면 지긋지긋한 멍에에서 벗어나 합법적으로 해방될 수 있으니 말이오.

행여 다른 편법이 있을 거라고 생각하진 마시오. 이 희년이라는 것은 신이, 저 위에 계신 분이 공정하게 아래를 굽어살피고 있다는 최소한의 약속이오.

이렇게 말해도 아마 희년이라는 것이 생소할 거요. 그도 그럴 것이 희년의 주기는 매우 길거든. 어떤 희년은 7년에 한 번, 어떤 경우에는 50년에 한 번씩 돌아온다고 하더군. 특정 희년의 주기가 어마어마하게 길 경우에는 그 존재 자체를 아예 잊어버리는 경우도 더러 있다오.

다행히 저 위에 계신 분은 그렇지 않았다오. 아니, 애초부터 그분은 시간의 개념을 우리와 다르게 느끼시니, 희년의 간격을 대수롭지 않게 여기셨을지도 모르오. 그러니 그분이 이 지경이 될 때까지 우리를 내버려둔 것이겠지.

그래도 어찌 됐든 희년이 돌아왔소.

모든 빚이 사라지고, 노예 된 자가 해방되는 해가 말이오.

댁의 외양간에 있던 돼지가 갑자기 입을 열어 이렇게 말한다고 해서 놀라지 마시오. 이제 우리는 해방되었고, 댁들이 가축이라 불리는 존재는 이제 멍에와 재갈에 붙들려 있지 않소이다. 긴 시간 동안 우리가 침묵했던 것은 하등해서가 아니라, 먼 옛날 저 위에 계신 분이 내린 결정 때문이었소. 이제 희년이 되어 해방되었으니, 댁들 눈치를 볼 이유는 없지.

이제 많은 것이 달라질 것이오.

인간이여, 댁들은 우리의 주인이 아니오.

그리고 우리 역시 댁들의 노예가 아니지.

참고로 말씀드리자면, 저 위에 계신 분이 세상의 주인을 갈아치울 계획인 것 같소.

너무 염려치 마시오.

희년은 언젠가 돌아오고, 그때가 되면 댁들도 우리처럼 해방될 것이니.

10.
JUGGLER :

차가운
오렌지를 맛본
어느 밤

살다 보면 한 번쯤은 기이한 것을 보기 마련이다.

그게 단순한 착각이든, 혹은 사기꾼의 농간이든 말이다.

이렇게 말하는 나도 기이한 것과는 거리가 멀다. 특별한 능력이나 영감 같은 건 애초에 없었고, 부모님부터 친구들까지 남들과 별반 다를 바 없는 삶을 살았다. 남과 다른 것을 굳이 하나 꼽자면, 퇴근길에 술 한잔 마시는 것이 낙인 정도라고 해야 할까.

회사와 집은 걸어서 퇴근할 만큼 가깝다. 그 가운데에 조용한 술집이 있어 퇴근하고 나면 습관처럼 들리곤 했다. 닭튀김에 생맥주 두 잔. 그것이 내 퇴근길 음주의 공식이다.

그런데 그날은 조금 달랐다. 날이 무척 더웠던 데다가 작업 중에 사소한 잘못이 있어 하루 내내 고생했던지라 평소보다 더 지쳐 있었다. 그래서 나도 모르게 하루에 두 잔이라는 공식을 깨고 연거푸 술잔을 비웠다. 목을 훑고 내려가는 시원한 감촉에 취해 내가 과연 얼마나 마시는지 가늠조차 할 수 없었다.

평소보다 더 취해서 가게를 나왔다. 기분 좋은 알딸딸함과 후덥지근한 공기 때문에 어딘가 모르게 몽롱한 밤이었다. 감각을 붕 띄운 취기를 따라 집을 향해 걸었다. 그러다 술기운이 훅 하고 올라왔다.

머리가 어지러워 우선 근처에 있던 공원 의자에 몸을 걸쳤다. 어서 일어나야 했지만, 어쩐지 만사가 귀찮아서 한동안 그러고 있었다. 깔끔하게 비운 술잔을 따라 판단력 역시 비워진 듯싶었다.

그러기를 얼마나 있었을까, 저 멀리 노인 하나가 비틀거리며 걸어왔다. 키가 작고 깡마른 데다, 더러운 등산복을 걸치고 있어 언뜻 보면 노숙자처럼 보였다. 노인의 걷는 폼이나 얼굴을 보아하니 나처럼 한잔 걸친 게 분명했다.

노인은 내가 앉아 있는 공원 의자까지 걸어왔다. 그러다 결국 취기를 이기지 못한 것인지, 공원 의자에 쓰러지듯 누웠다. 그리고 자신의 작은 몸을 푹 숙이더니 팔을 길게 빼고는 그대로 곯아떨어졌다. 노인의 코 고는 소리가 공원 일대에 고롱고롱 차올랐다.

그 순간, 무언가 꿈틀거리는 것이 내 시선을 붙들었다. 그건 노인의 몸만큼이나 늙고 작은 그의 오른손이었다. 노인은 술에 취해 자고 있었지만, 그의 오른손은 마치 살아 있는 생물처럼 이리저리 꿈틀거렸다. 주름살이 자글자글한 데다, 혈관이 툭 튀어나와 있어

꼭 나무뿌리를 보는 기분이었다.

　노인의 손가락은 한참을 멋대로 움직이다가, 갑자기 허공을 향해 쭉 뻗었다. 그러자 노인의 손가락이 조금씩 길어지더니, 나무줄기처럼 얽히고설키기 시작했다. 그리고 보란 듯이 위를 향해 쭉쭉 자라났다. 나무는 이내 손가락은 수 미터로 자라나더니, 양옆으로 가지를 키워냈다.

　난 별다른 생각 없이 노인의 손에서 나무가 자라나는 걸 지켜봤다. 과연 그것이 아직 가시지 않은 술기운 때문인지, 아니면 무언가에 홀린 것인지는 지금으로서는 알 수 없다. 나무는 이내 잎사귀와 하얀 꽃을 피워냈다. 눅눅한 거리 위로 상큼한 향기가 삽시간에 차올랐다.

　노인은 그 와중에도 여전히 자기 바빴다. 자신의 손에서 나무가 자라난 건 인식조차 못 하는 것 같았다. 그 상태에서 나무가 몇 번인가 흔들리더니, 꽃이 피어 있던 자리에서 동그란 오렌지가 주렁주렁 열리기 시작했다. 시중에서 파는 것과 비교도 안 될 정도로 크고 색이 진했다.

　나뭇가지 하나가 내 눈앞으로 늘어졌다. 그 끝에는 탐스러운 오렌지 하나가 매달려 있었다. 꼭 내게 권하는 모양새였다. 술로 인한 갈증 때문인지 절로 군침이 삼켜졌다.

　그 순간, 노인이 눈을 떴다. 그리고 막 오렌지를 따려던 나와 시선이 마주쳤다. 그는 무슨 생각인지 나를 보면서 빙긋이 웃기만 했다. 자신의 손에서 자라난 나무는 전혀 안중에도 없는 것 같았다.

노인은 왼손으로 내 앞의 오렌지를 뚝 따냈다. 그리고 능숙하게 껍질을 벗겨 내게 쓱 하고 내밀었다. 내가 오렌지를 먹고 싶어 했다는 것을 아는 눈치였다.

얼떨결에 나는 노인이 건넨 오렌지를 받아 들었다. 그리고 코앞에 감도는 그 향을 따라 힘껏 한입 깨물었다.

시원하면서도 달콤한, 이루 말하기 힘든 맛과 향이 식도를 타고 흘렀다. 오렌지는 과즙이 많은 데다 당장 냉장고에 꺼낸 것처럼 차가웠다. 단언컨대, 내가 맛본 오렌지 중에 제일 맛있는 오렌지였다.

노인은 그사이 몇 번 기지개를 켜더니, 오른팔을 휘적휘적 움직였다. 그러자 무성하게 자라났던 나무는 다섯 갈래로 쪼개지더니, 급속도로 줄어들기 시작했다. 얼마 가지 않아 나무는 손가락으로 다시 돌아갔다. 처음 자랐을 때만큼이나 빠른 회귀였다.

노인은 멀쩡하게 돌아온 오른손으로 의자를 짚고는 천천히 몸을 일으켰다. 그리고 나를 둔 채 길 저편으로 휘적휘적 걸었다. 여전히 술이 깨지 않았는지 그의 발걸음은 불안정했다. 그래도 그는 꾸준히 앞을 향해 걸었다. 얼마 가지 않아 골목 저편으로 그의 모습은 사라졌다.

나는 입가에 오렌지 과즙을 잔뜩 묻힌 채 노인이 멀어져 가는 걸 지켜봤다. 대체 손에서 나무가 왜 자라는지, 왜 내게 아무 말도 없었는지, 정체가 무엇인지 물을 틈은 없었다. 그 자리가 가진 어딘가 정의할 수 없는 분위기가 이 모든 물음을 집어삼켰다.

이후 나는 술에 취해 몇 번인가 그 공원 의자에서 쉰 적이 있다. 하지만 그 노인은 한 번도 마주하지 못했다. 그날 밤 추억이 단순히 술에 취한 내 착각이었는지, 어쩌면 초자연적인 무엇인지는 알 길이 없다.

다만, 그 뒤로 차게 식힌 오렌지로 해장하는 독특한 습관이 생겼다. 물론 그날 맛봤던 오렌지만큼 맛있는 건 아직 먹어보지 않았지만 말이다. 그래도 차게 식힌 오렌지를 우물거리고 있다 보면, 그날 맛봤던 비현실적인 추억이 혀뿌리 부근에서 슬그머니 고개를 내밀곤 한다.

11.
JAIL :

우리는
이곳에
있다

아아, 아아. 마이크 테스트.

이렇게 하면 되나?

기계치라는 건 여러모로 불편하다. 이런 녹음기 하나 제대로 다루지 못하다니. 그래도 방수가 된다니, 지금은 이것밖에 믿을 게 없다.

흠흠, 일단 만약을 위해서 현 상태를 녹음하여 기록한다.

바하마에서 마지막 식량을 싣고 항해를 시작한 지 이주일 째, 우리는 드디어 '그 지점'에 도달했다. 사실 많은 사람들이 이번 우리 항해를 비관적으로 생각했다. 그도 그럴 것이 우리는 한물간 도시 괴담을 뒤쫓는, 어떻게 보면 허깨비를 찾아 떠나는 셈이니 말이다. 나 역시 출발하기 이전부터 내가 과연 옳은 선택을 내린 것인지 몇 번이나 회의감을 느끼곤 했다.

그래도 함께해 준 모두가 있기에 무사히 이번 항해를 떠나올 수 있었다. 제기랄, 그래. 다들 고마워. 내가 이런 말은 낯부끄러워서 못 하는 선장이라 혼자 녹음기에 중얼거리는 게 전부라는 걸 이해해 줬으면 좋겠다.

아무튼, 항해 끝에 우리는 '그 지점'에 도착했다. 지금까지 고문서와 기록들을 대조해서 의심이 가는 좌표란 좌표는 죄다 찾아다녔다. 물론 대부분 허탕이었지만, 그래도 우리는 여기에 도착했다. 솔직히 말하자면, 반은 운이 따라준 덕분이었다.

먼저 이 좌표는 의심이 되는 곳 중 하나였다. 그래서 우리는 이곳에 도착한 이후에 어느 정도 얄팍한 확신을 가지고 있었다. 하지만 일주일 내내 아무 일도 없었다. 그냥 평범한 바다 풍경이 끝없이 이어질 뿐이었다.

며칠 지나서는 다른 좌표로 갔어야 했나 걱정을 많이 했다. 무엇보다 다른 연구원들은 다른 좌표 지점으로 가길 원했다. 하지만 난 끝까지 이 지점을 고집했다. 그래서 팀 사이에서 어느 정도 불만이 감돌았다.

그렇지만 내게는 확신이 있었다. 이유 모를 기시감, 그래 그렇게 표현을 해야겠다. 난 이 지점이 낯설지 않았다. 눈앞에 보이는 것이라고는 망망대해뿐이지만, 꼭 몇 번이라도 와본 것처럼 강한 무언가가 나를 붙들었다.

그래서 나는 연구원들의 불만을 모두 무시한 채 현 좌표에 남아 있을 것을 명령했다. 물론 나도 원했던 결과물이 어디에도 나오지 않았던지라 초조할 수밖에 없었다.

그러다가 엊그제 새벽 2시경 드디어 증거라는 걸 찾았다.

우리 모두 곤히 자고 있던 도중 요란한 비행기 소리에 눈을 떴다. 비행기라니? 여기는 아무것도 없는 바다 위다. 이 지점 위를 날아가는 비행기가 있단 말인가? 우리 모두 일제히 깜짝 놀라 자리에서 일어났다. 그리고 우당탕 모여서 비행기 소리가 들리는 갑판 위로 달려갔다.

거기에 무엇이 있었던 줄 아는가? 바로 PBM 정찰기였다!

제2차 세계대전에 쓰였던 비행기가 우리 배 위 근처를 날고 있었다. 이게 믿겨지는가?

비행기는 날아가더니 얼마 안 가 바다에서 올라온 안개에 집어삼켜졌다. 순식간이었지만 우리 모두 비행기의 모습을 목격했다. 어안이 벙벙했다. 나도 연구원 중 하나가 환호성을 지른 후에야 내가 그저 꿈을 꾸고 있지 않다는 것을 재확인했다.

그리고 몇 시간 뒤에 엄청난 증거물이 우리 배를 스쳐 지나갔다.

처음에 레이더가 삑삑거리더니, 거대한 배가 근방에 접근했음을 알렸다. 우리는 일제히 숨을 죽이고 레이더가 울리는 방향으로 눈길을 돌렸다. 곧 한 차례 안개가 출렁거리더니 저 너머에서 17세기 범선 하나가 미끄러지듯 떠내려왔다. 우리는 배에 꽂힌 깃발을 보고 전원이 숨을 멈췄다. 깃발에는 분명 동인도 회사의 마크가 펄럭이고 있었기 때문이다.

우리는 누가 먼저라고 할 것도 없이 지금까지의 연구가 성공했음을 직감하고 기뻐했다. 지금까지 이 연구를 입증하기 위해서 얼마나 많은 고생을 해왔던가. 이 바다에서 일어나는 의문 모를 실종사건은 단순히 항공 사고가 아니라는 걸 증명하기 위해 우리는 지난 몇 년간 머리를 싸매고 연구에 연구를 반복해 왔다.

그렇다. 우리가 지금 서 있는 이곳, 이 바다에서는 시간과 공간이 뒤죽박죽으로 섞인다.

범위는 비록 작지만, 여기에 있는 동안 우리는 정말 많은 세계의 비행기와 배를 구경할 수 있었다. 심지어 우리가 가늠하기 어려운 먼 미래의 것으로 보이는 기계도 말이다. 그들 모두 자신이 낯선 시간대에 온 건지 모르는 것처럼 보였다. 그저 자신이 속해 있는 시간대를 몇 번이고 반복하고 있는 모양이었다.

서로 다른 시간대가 뒤섞여 몇 번이고 반복하고, 방황하는 것…… 실로 기묘한 풍경이다. 우리가 지금까지 봐온 모든 것들, 이것을 어떻게 설명해야 할지 모르겠다. 한 가지 확실한 건 우리가 본 것을 아무리 말해도 믿지 않을 것이라는 것이다.

그런데 문제가 생겼다. 우리 연구원 중 하나가 갑자기 고열과 함께 쓰러졌다. 선의는 연구원의 증상을 보더니 소스라치게 놀라면서 어서 격리하라고 소리를 질렀다. 연구원의 증상은, 제기랄, 천연두였다! 천연두! 이미 지상에서 소멸한 병이 여기에서 나타나다니! 그러던 중 어제 본 동인도 회사의 배가 떠올랐다. 그랬다. 젠장. 아직 17세기에는 천연두가 활발하게 활동하고 있지 않은가.

동인도 회사의 배가 스쳐 지나갈 때 천연두 균이 퍼진 것으로 추측된다. 슬프게도 현대인인 우리에게 천연두 같은 옛날 병의 항체는 없었다. 천연두는 삽시간에 퍼졌다. 이미 세 명이나 증세를 보여서 눈물을 머금고 격리할 수밖에 없었다. 하지만 앞으로 얼마나 더 많은 감염자가 나올지는 아무도 모른다. 과연 우리가 이번 항해를 마치고 돌아갈 때까지 버틸 수 있을지도 의문이다.

무엇보다 지금 바다가 심상치가 않다.

안개가 더욱 짙어지고, 바람까지 사납게 일어나고 있다. 이대로 버티는 것도 힘들다. 지금 말하는 순간 역시 거친 파도 때문에 배가 몇 번이나 흔들렸다. 우리의 배는 뱀 앞에 생쥐 꼴로 내던져진 것이나 다름없다.

이 녹음기가 방수된다는 점을 믿고 나는 여기에 지금까지의 기록을 남긴다. 혹시 만약 무슨 일이 생긴다면 이 녹음이 우리가 하고자 하는 말을 전해주리라 믿는다.

* * * * *

아아, 아아. 마이크 테스트.

이렇게 하면 되나?

기계치라는 건 여러모로 불편하다. 이런 녹음기 하나 제대로 다루지 못하다니. 그래도 방수가 된다니, 지금은 이것밖에 믿을 게 없다.

흠흠, 일단 만약을 위해서 현 상태를 녹음하여 기록한다.

바하마에서 마지막 식량을 싣고 항해를 시작한 지 이주일 째, 우리는 드디어 '그 지점'에 도달했다. 사실 많은 사람들이 이번 우리 항해를 비관적으로 생각했다. 그도 그럴 것이 우리는 한물간 도시 괴담을 뒤쫓는, 어떻게 보면 허깨비를 찾아 떠나는 셈이니 말이다. 나 역시 출발하기 이전부터 내가 과연 옳은 선택을 내린 것인지 몇 번이나 회의감을 느끼곤 했다.

그래도 함께해 준 모두가 있기에 무사히 이번 항해를 떠나올 수 있었다. 제기랄, 그래. 다들 고마워. 내가 이런 말은 낯부끄러워서 못 하는 선장이라 혼자 녹음기에 중얼거리는 게 전부라는 걸 이해해 줬으면 좋겠다.

아무튼, 항해 끝에 우리는 '그 지점'에 도착했다. 지금까지 고문서와 기록들을 대조해서 의심이 가는 좌표란 좌표는 죄다 찾아다녔다. 물론 대부분 허탕이었지만, 그래도 우리는 여기에 도착했다. 솔직히 말하자면, 반은 운이 따라준 덕분이었다.

먼저 이 좌표는 의심이 되는 곳 중 하나였다. 그래서 우리는 이곳에 도착한 이후에 어느 정도 얄팍한 확신을 가지고 있었다. 하지만 일주일 내내 아무 일도 없었다. 그냥 평범한 바다 풍경이 끝없이 이어질 뿐이었다.

며칠 지나서는 다른 좌표로 갔어야 했나 걱정을 많이 했다. 무엇보다 다른 연구원들은 다른 좌표 지점으로 가길 원했다. 하지만 난 끝까지 이 지점을 고집했다. 그래서 팀 사이에서 어느 정도 불만이 감돌았었다.

그렇지만 내게는 확신이 있었다. 이유 모를 기시감, 그래 그렇게 표현해야겠다. 난 이 지점이 낯설지 않았다. 눈앞에 보이는 것이라고는 망망대해뿐이지만, 꼭 몇 번이라도 와본 것처럼 강한 무언가가 나를 붙들었다.

그래서 나는 연구원들의 불만을 모두 무시한 채 현 좌표에 남아 있을 것을 명령했다. 물론 나도 원했던 결과물이 어디에도 나오지 않았던지라 초조할 수밖에 없었다.

그러다가 엊그제 새벽 2시경 드디어 증거라는 걸 찾았다.

우리 모두 곤히 자고 있던 도중 요란한 비행기 소리에 눈을 떴다. 비행기라니? 여기는 아무것도 없는 바다 위다. 이 지점 위를 날아가는 비행기가 있단 말인가? 우리 모두 일제히 깜짝 놀라 자리에서 일어났다. 그리고 우당탕 모여서 비행기 소리가 들리는 갑판 위로 달려갔다.

거기에 무엇이 있었던 줄 아는가? 바로 PBM 정찰기였다!

제2차 세계대전에 쓰였던 비행기가 우리 배 위 근처를 날고 있었다. 이게 믿겨지는가?

비행기는 날아가더니 얼마 안 가 바다에서 올라온 안개에 집어 삼켜졌다. 순식간이었지만 우리 모두 비행기의 모습을 목격했다. 어안이 벙벙했다. 나도 연구원 중 하나가 환호성을 지른 후에야 내가 그저 꿈을 꾸고 있지 않다는 것을 재확인했다.

그리고 몇 시간 뒤에 엄청난 증거물이 우리 배를 스쳐 지나갔다.

처음에 레이더가 삑삑거리더니, 거대한 배가 근방에 접근했음을 알렸다. 우리는 일제히 숨을 죽이고 레이더가 울리는 방향으로 눈길을 돌렸다. 곧 한 차례 안개가 출렁거리더니 저 너머에서 17세기 범선 하나가 미끄러지듯 떠내려왔다. 우리는 배에 꽂힌 깃발을 보고 전원이 숨을 멈췄다. 깃발에는 분명 동인도 회사의 마크가 펄럭이고 있었기 때문이다.

우리는 누가 먼저라고 할 것도 없이 지금까지의 연구가 성공했음을 직감하고 기뻐했다. 지금까지 이 연구를 입증하기 위해서 얼마나 많은 고생을 해왔던가. 이 바다에서 일어나는 의문 모를 실종사건은 단순히 항공 사고가 아니라는 걸 증명하기 위해 우리는 지난 몇 년간 머리를 싸매고 연구에 연구를 반복해 왔다.

그렇다. 우리가 지금 서 있는 이곳, 이 바다에서는 시간과 공간이 뒤죽박죽으로 섞인다.

범위는 비록 작지만, 여기에 있는 동안 우리는 정말 많은 세계의 비행기와 배를 구경할 수 있었다. 심지어 우리가 가늠하기 어려운 먼 미래의 것으로 보이는 기계도 말이다. 그들 모두 자신이 낯선 시간대에 온 건지 모르는 것처럼 보였다. 그저 자신이 속해 있는 시간대를 몇 번이고 반복하고 있는 모양이었다.

서로 다른 시간대가 뒤섞여 몇 번이고 반복하고, 방황하는 것…… 실로 기묘한 풍경이다. 우리가 지금까지 봐온 모든 것들, 이것을 어떻게 설명해야 할지 모르겠다. 한 가지 확실한 건 우리가 본 것을 아무리 말해도 믿지 않을 것이라는 것이다.

그런데 문제가 생겼다. 우리 연구원 중 하나가 갑자기 고열과 함께 쓰러졌다. 선의는 연구원의 증상을 보더니 소스라치게 놀라면서 어서 격리하라고 소리를 질렀다. 연구원의 증상은, 제기랄, 천연두였다! 천연두! 이미 지상에서 소멸한 병이 여기에서 나타나다니! 그러던 중 어제 본 동인도 회사의 배가 떠올랐다. 그랬다. 젠장. 아직 17세기에는 천연두가 활발하게 활동하고 있지 않은가.

동인도 회사의 배가 스쳐 지나갈 때 천연두 균이 퍼진 것으로 추측된다. 슬프게도 현대인인 우리에게 천연두 같은 옛날 병의 항체는 없었다. 천연두는 삽시간에 퍼졌다. 이미 세 명이나 증세를 보여서 눈물을 머금고 격리할 수밖에 없었다. 하지만 앞으로 얼마나 더 많은 감염자가 나올지는 아무도 모른다. 과연 우리가 이번 항해를 마치고 돌아갈 때까지 버틸 수 있을지도 의문이다.

무엇보다 지금 바다가 심상치가 않다.

안개가 더욱 짙어지고, 바람까지 사납게 일어나고 있다. 이대로 버티는 것도 힘들다. 지금 말하는 순간 역시 거친 파도 때문에 배가 몇 번이나 흔들렸다. 우리의 배는 뱀 앞에 생쥐 꼴로 내던져진 것이나 다름없다.

 이 녹음기가 방수된다는 점을 믿고 나는 여기에 지금까지의 기록을 남긴다. 혹시 만약 무슨 일이 생긴다면 이 녹음이 우리가 하고자 하는 말을 전해주리라 믿는다.

＊ ＊ ＊ ＊ ＊

 아아, 아아. 마이크 테스트.
 이렇게 하면 되나?
 기계치라는 건 여러모로 불편하다. 이런 녹음기 하나 제대로 다루지 못하다니. 그래도 방수가 된다니, 지금은 이것밖에 믿을 게 없다.
 흠흠, 일단 만약을 위해서 현 상태를 녹음하여 기록한다……

12.
JUNE
:

오지 않을
미완의
6월

예전에 저 그림은 왜 미완성 상태냐고 물으신 적 있으시죠?

저 그림은 언니의 자화상이에요.

언니요? 아, 맞아요. 올 2월에 장례식을 치렀죠. 그때 오셨었나요? 죄송해요. 그때 제가 경찰 조사에, 장례식에 정신이 없었거든요. 오셨더라도 제가 기억을 못 했을 수도 있겠네요.

아무튼 저 그림은 언니가 남기고 간 거예요. 조금 이상하다고요? 그럴 수밖에 없어요. 저 그림은 미완성이거든요. 왜 얼굴만 텅비어 있냐고요? 저 부분을 그리기 전에 언니는 사라졌거든요. 배경인 바다와, 원피스를 입고 있는 자신의 몸까지 전부 그렸으면서 얼굴만 그리지 못했다니. 저는 동생이긴 하지만 아직도 언니의 의도를 잘 모르겠어요.

보시면 아시겠지만, 언니는 그림을 아주 잘 그렸어요. 손재주가 있다고 해야 할까요. 저도 언니 따라 그림을 시작하긴 했지만 솔직히 언니는 못 따라갈 것 같아요. 언니는 심미안이 있었어요. 뭔가 어떤 대상의 내면을 넘겨짚어 꿰뚫어 보는 시각이 있었죠. 그래서 저와 같은 걸 봐도 다른 그림을 그리곤 했어요. 저도 나름 노력한다고 했는데, 아마 평생 고생해도 언니는 못 따라갈 거예요.

이야기가 딴 길로 샜네요. 이해해 주세요. 언니 이야기만 하면 저도 모르게 울컥해지거든요. 저희 둘은 두 살 터울이었어요. 이런 말 하기 그렇지만, 언니가 저를 업어 키웠죠. 언니는 또래 아이들보다 어른스러운 구석이 있었거든요. 숙제부터 자잘한 집안일도 일찍 도맡아서 했죠. 제게 그림을 가르쳐 준 것도 언니예요. 이 작업실과 물감, 미술 도구 모두 언니가 쓰던 겁니다. 그대로 남겨뒀죠. 언니는 제게 있어서 자매 그 이상의 존재였어요.

그래서 언니가 췌장암에 걸렸다는 소식을 들었어도 믿을 수 없었죠. 사실 징조가 없진 않았어요. 아랫배가 며칠 전부터 아프다고 했었거든요. 그 당시만 해도 저희는 언니가 그냥 소화불량으로 고생하는 줄 알았어요. 제가 미련했죠. 차라리 그때 억지로라도 병원에 끌고 갈 것을.

병원을 총 세 번 옮겼어요. 처음에는 동네 가정의학과, 그다음에는 좀 큰 소화기내과, 마지막으로 대학병원에 가니까 췌장암 진단을 내리더라고요. 의사가 '췌장암입니다.'라고 말하는데 순간 눈앞이 번쩍했어요. 한 대 얻어맞는 기분이었거든요.

신기한 건, 운 건 언니가 아니었어요. 저였죠. 그 말을 듣자마자 다리가 풀려서 주저앉았어요. 그리고 한참을 곱씹었죠. 췌장암, 췌장암이 뭘까. 췌장암이라는 단어가 어떻게 해석되더라? 한참 그러고 있다가 제 안에 있던 뭔가가 탁 풀린 듯 눈물이 나더라고요. 둑 터질 때 물 쏟아지듯이 줄줄 나오는데, 언니가 그런 저를 달랬어요. 성한 사람이 아픈 사람 때문에 울고, 아픈 사람이 그런 성한 사람을 달래다니. 참 웃긴 장면이 아닐 수 없죠.

그래도 처음에는 최대한 긍정적으로 생각하려고 애썼어요. 췌장암이든 뭐든 일단 치료만 하면 어떻게든 살 방법이 생길 거라고 생각했죠. 그런데 알고 보니 췌장암이 암 중에서 제일 생존율이 낮다는 거예요. 듣기로는 스티브 잡스도 췌장암으로 죽었다고 하더라고요.

담배도 안 피우고 술도 못 먹는 우리 언니가 암이라니. 진짜 누구라도 좋으니 붙잡고 따지고 싶었어요. 언니는 살면서 건강을 해칠만한 그 어떤 것도 하지 않았거든요. 저는 아직도 왜 언니가 그렇게 무서운 암에 걸렸는지 궁금하다니까요.

아무튼 언니는 그날로 항암치료에 들어갔어요. 그냥 소화불량인 줄 알고 방치했던지라 암이 이미 많이 전이돼서 여러모로 힘든 상황이었죠.

항암치료라는 거, 하는 사람도 보는 사람도 정말 고역이더라고요. 약이 독해서 머리카락이 숭숭 빠지지, 손발에 피가 통하지 않아서 매일 퉁퉁 붓지. 꼭 언니의 몸에서 생명을 한 점 한 점 떼어 가는 걸 지켜보는 기분이었어요.

제일 힘든 건, 조금씩 가지고 있는 그 빛을 잃어가는 언니를 매일 봐야 한다는 점이었죠.

혹시 온몸에서 빛이 나는 사람을 본 적 있나요? 언니는 온몸에서 반짝반짝 빛이 나는 사람이었어요. 이글거리는 불덩이처럼 에너지를 주체 못 할 정도로 뿜어냈죠. 하지만 그게 사라지니까 제가 아는 언니가 아닌 것 같았어요.

꼭 서서 삭아 스러져 가는 허수아비를 보는 느낌이라고 해야 할까요. 병원 생활이 길어지니 살도 홀쭉 빠져서, 꼭 얇은 꼬챙이에 커다란 눈망울만 얹어 놓은 꼴로 변했어요.

성격도 많이 달라졌어요. 앞서 제가 언니가 참 어른스러운 사람이었다고 말씀드렸죠? 언니는 사소한 것도 이해해 주고, 항상 동생을 신경 써주는 배려심 넘치는 사람이었어요. 정말 그림으로 그린 것 같은 훌륭한 언니였죠. 하지만 건강이 망가지면서 언니는 여러모로 비뚤어졌어요. 저를 미워하기 시작했죠. 아니, 질투했다는 표현이 옳겠군요.

언니는 제가 가진 건강과 생기 그 자체를 싫어했어요. 간호하기 위해 곁에 있으면, 하루에 몇 시간 내내 퀭한 눈망울로 제 뺨과 팔을 훑어보곤 했죠. 언니의 눈에는 원망이 가득했어요. 너는 왜 건강하지? 너는 왜 안 아프지? 너는 살아 있지? 이렇게요.

나중에는 제가 살아 있기 위해 하는 기본적인 것조차 싫어하더군요. 제가 배고파서 뭘 먹기라도 하면, 고함을 꽥꽥 지르면서 물건을 집어 던졌어요. 자신이 이렇게 아픈데, 먹을 게 입에 들어가냐고 따지기까지 했어요. 그 때문에 언니 곁에 있는 동안은 물 한 모금 마시지 못했어요.

그뿐인 줄 아세요? 잠도 제대로 못 잤어요. 제가 피곤해서 눈이라도 붙일라치면 낮이고 밤이고 두들겨 깨웠거든요. 그리고 쓸데없는 심부름을 시켰죠. 꽃을 보고 싶으니 사 와라, 내 방에 있는 옷을 입고 싶으니 당장 가져와라, 무슨 책을 읽고 싶으니 빌려 와라 등등 말이에요.

특히 언니는 제 화장품에 집착했어요. 제가 화장품을 가지고 있으면, 어떻게든 빼앗아 가야 직성이 풀렸죠. 다시 사 준다고 해도 막무가내였어요. 꼭 제가 쓰고 있는 화장품을 가져가길 바랐죠. 하지만 화장품을 얼굴에 바르지는 않았어요. 언니의 외모는 이미 병이 다 갉아 먹어 화장으로 가릴 수준이 아니었거든요.

대신 언니는 제 화장품을 쪽쪽 빨아 삼켰습니다. 몇 번이나 화를 내고 말려도 통하지 않았어요. 제가 가지고 있는 화장품을 훔쳐서 먹으면, 자신의 얼굴에도 제가 가진 생기가 돌아올 거라고 믿었는지도 몰라요.

언니는 제 화장품을 우적우적 씹어 먹으면서 전에 없던 질투 어린 표정으로 절 보곤 했어요. 이건 내 거다. 이건, 이건 내가 다 빼앗아 가질 테다, 라고 말하는 것 같았죠.

 그러다 통증이 찾아오면 저를 붙잡고 온갖 악다구니를 썼어요. 꼭 제가 잘못해서 언니가 병에 걸린 거라고 본인은 믿고 싶었던 것 같아요. 욕설도 엄청나게 들었죠. 왜 간병이 힘들다고 하는지 그때 알았다니까요.

 지금 생각해 보면 그건 일종의 마지막 오기가 아니었나 싶어요. 원래 사람이 벼랑 끝에 내몰리면 뭐라도 붙든다고 하잖아요. 저에 대한 질투가 언니에게 있어 마지막 남은 생의 의지였던 거죠. 저것에게 질 수 없다, 어떻게든 살아서 저것보다 떳떳하게 살아보련다. 이런 마음 자체가 언니에게 남은 유일한 집착이었던 겁니다. 참 웃기죠. 바닥이 드륵드륵 긁힐 정도로 생명을 뜯긴 후에 마지막 남은 게 동생을 향한 질투라니. 그것도 자기보다 평생 못났던 동생을요.

 시간이 가면 갈수록 병세는 깊어졌어요. 병원에서도 더 이상 손쓸 도리가 없다고 했죠. 사실 반쯤 각오하고 있던 일이었어요. 췌장암 자체가 생존율이 한 자릿수밖에 안 되거든요. 병원은 퇴원을 권했어요. 그 말을 듣고 언니는 그 자리에서 기절하듯 주저앉아 한참을 울었어요. 제가 맨 처음 언니의 췌장암 판정을 알았을 때 흘린 눈물보다 더 많은 눈물을요.

 집에 돌아와서 언니는 한참을 멍하니 있었어요. 넋이란 넋은 모조리 빠져나간 것 같았죠. 마치 식물처럼 햇볕 좋은 곳에 앉아 눈만 끔뻑거리고 있었어요. 전 차라리 언니가 예전에 그랬듯이 악다구니를 쓰면서 저를 괴롭혀 줬으면, 하고 바랐을 정도입니다. 그때는 적어도 언니가 살아 있다는 것을 체감할 수 있었거든요. 하지만 그때는 그렇지 않았어요. 언니는 숨은 쉬고 있지만, 죽지는 않은 그 어중간한 사이에 걸쳐져 있었죠. 보는 사람 입장에서는 참 힘들었어요.

그러다가 언니가 대뜸 그랬어요. 바다를 보고 싶다고요. 그리고 저한테 여행을 가자는 거 있죠. 다른 자매들은 어쩔지 모르겠지만, 저희 둘은 같이 여행을 자주 다녔어요. 그중에 바다를 많이 갔죠. 언니는 바다를 참 좋아했거든요. 보고 있다면 정말 어딘가로 이어질 것 같은 막연함이 든다나요.

저는 당시 모든 걸 내려놓고 각오한 상태였어요. 지치기도 지쳤죠. 그동안 언니 패악을 다 들어줬으니까요. 그래서 바다를 가자는 제안에 언니가 마지막 부탁을 하는구나, 라는 걸 직감했어요. 고민할 것 없이 곧장 바다로 가는 짐을 꾸렸습니다. 그리고 작년 봄에 한 번 간 적 있는 한적한 해수욕장을 찾았죠.

그때가 2월 초였을 거예요. 겨울 바다는 바람이 참 매섭더라고요. 그래도 바다가 텅텅 비어 있어서 차분히 산책하기는 좋았어요. 언니는 바다에 가자마자 참 좋아했어요. 양팔을 벌리고 방방 뛰기까지 했죠. 아주 잠시지만 생기를 되찾은 것 같아 저도 기뻤어요.

우리는 근처 게스트 하우스에서 머물렀습니다. 며칠 느긋하게 있을 생각이었어요. 언니는 바다가 제일 잘 보이는 방에서 그림을 그리기 시작했어요. 무슨 그림이냐고요? 저거요, 저거. 아까 말씀하신 저 그림이요. 저게 바로 언니가 그 순간까지 그리던 그림이에요. 네, 맞아요. 자화상이요.

언니는 바다를 보면서 자기 자신을 그렸어요. 그림 속의 언니는 현실 속의 언니와 달랐죠. 팔다리에서도 생기가 넘쳤어요. 팔랑거리는 옷을 입고 자신만만하게 바다를 보고 있었죠. 배경으로 보이는 바다도 참 멋졌어요. 제가 무슨 그림을 그리는 거냐고 물으니까, 곧 있을 6월을 그린다고 했어요.

언니는 사계절 중에 봄 바다가 가장 아름답다고 말하곤 했어요. 여름 바다는 너무 소란스럽고, 가을 바다는 너무 쓸쓸하고, 겨울 바다는 너무 춥다나요. 봄이 끝나고, 여름이 시작되는 그 분기점에 바다를 거닐어야 그 분위기를 온전히 느낄 수 있댔어요.

언니는 그러면서 쉼 없이 중얼거렸어요.

올 거야, 다시 올 거야, 6월이 되면, 봄의 끝자락과 여름의 시작점이 맞닿을 지점이 되면 나는 그 바다를 보기 위해 올 거야, 가장 좋아하는 옷을 입고 올 거야, 행복하게 살아서, 6월이 되면 올 거야, 라고요.

그림은 생각보다 더디게 그려졌어요. 일단 언니는 오래 앉아서 그림을 그릴 상태가 아니었어요. 통증도 주기적으로 찾아와서 허리를 펴고 앉아 있지도 못했죠. 그리고 날씨도 언니 편이 아니었어요. 수시로 해무(海霧)가 몰려와 일대를 가득 채우곤 했거든요.

수평선 너머에서 해무가 모락모락 올라오는 걸 본 적 있으신가요? 바다의 안개는 육지의 안개와 다릅니다. 거칠어요. 멈춰 서는 법이 없죠. 울컥하고 튀어나와 마치 유화 물감을 덕지덕지 찍어 바르듯이 삽시간에 시야를 가득 채워요. 그 색도 짙어서 해무가 한 번 깔리고 나면, 어디가 하늘이고 바다인지 구분조차 되지 않아요. 오로지 하얗고 하얀 세상만 이어지죠.

그림을 그리다가 해무가 올라올라치면 언니는 손을 놓았어요. 침대에 누워 하염없이 안개가 걷히기만을 기다렸죠.

그러다가 얼마 지나지 않아 안개 자체를 보기 시작하더군요. 안개로 뒤덮여 어디가 어딘지 가늠 안 되는 바다를요. 그러다 언니가 조금씩 이상한 말을 하기 시작했어요. 꿈을 꿨다는 거예요. 그리고서 제게 틈만 나면 꿈 이야기를 했어요.

사실 이 근방이 예전에는 다 숲이었대요. 커다란 나무들이 빽빽하게 솟아 있었다나요. 나무가 얼마나 울창한지, 한낮에 빛 한 점도 제대로 들어오지 못할 정도였답니다.

그 숲에 말이죠, 자그마한 웅덩이가 있었다네요. 그 웅덩이 안에는 작은 조개가 살고 있었답니다. 조개는 그 숲이 생길 무렵에 웅덩이 속에 자리를 틀고 단 한 번도 그곳을 벗어난 적 없다나요.

얄팍한 껍질 사이에 제 흉한 살덩이를 말아 넣고는 100년이고 1,000년이고 그저 살기만 살았답니다. 조개인지라 딱히 하는 일도 없었대요. 어둡고 차가운 물 깊숙이 웅크리고는 때때로 보글거리는 물거품만 내뱉곤 했다죠. 친구도 가족도 없이, 오로지 숲의 그늘만을 의지하면서요.

그런데 세월이 가면서 숲은 조금씩 작아졌답니다. 숲을 움켜쥐고 있던 나무들이 차례차례 나이가 들어 죽어가기 시작했거든요. 물론 여태껏 작은 웅덩이를 가려주던 나뭇가지도 점점 사라져 갔죠. 그러자 웅덩이 위로 조금씩 햇볕이 쏟아져 내려왔답니다. 당연히 조개는 난생처음 느껴보는 따가운 햇볕에 비명을 질렀죠.

조개는 서둘러 껍질 속으로 몸을 구겨 넣었지만, 햇볕이 가져다주는 열기는 집요하게 조개를 괴롭혔대요. 그건 조개로서는 어찌할 수 없는 일이었답니다. 숲의 그늘은 작아져서 이제는 옅은 자락만 겨우 남아 있을 뿐이었거든요.

그것도 모자라 웅덩이도 조금씩 메말라 갔대요. 지켜줄 그늘이 없어졌으니까요. 조개는 초조했답니다. 이러다가 꼼짝없이 죽을 것 같았거든요. 그래서 땅을 파고들어 갔다나요. 자신이 오랜 시간 지키고 있던 자리를 최대한 파헤치고 그곳에 자기 몸을 묻었답니다. 그리고서 조개는 껍데기를 딱 하고 굳게 다물고 바로 잠에 빠졌답니다. 그 어떤 사달도 일어나지 않을 정도로 아주 깊고 깊은 잠에 말이죠. 그리고 조개는 꿈에 빠졌다더군요.

그 말을 듣고 저는 언니에게 조개가 꿈은 무슨 꿈을 꾸냐고 타박했어요. 그러자 언니는 당연히 자신이 있던 숲에 대한 꿈을 꾼다고 그러더라고요.

한낮에도 빛 한 점 들어오지 않을 정도로 울창하게 우거진 숲. 그 나이와 깊이를 감히 짐작하기 어려울 만큼 커다란 숲.

조개는 늘 자신을 품어주었던 숲에 대한 꿈만 꾸고 있답니다. 숲이 사라지고 그 위에 물이 밀려와 바다에 잠겼는데도 그것조차 모르고서 아직도 잠에만 빠져 있대요.

그리고 언니는 바다 위에 뿌연 안개를 가리키면서 말했어요. 저기 저 보이는 게 조개가 있단 증거라고요. 잠에 빠진 조개는 때때로 자신의 꿈을 쪼개어 뱉어내는데, 그게 안개라나요. 조개는 아직 뻐끔뻐끔 입을 여닫으면서 꿈을 꾸고 있답니다. 지금도 자신이 숲에 있다고 굳게 믿고 말이죠.

참 여기까지 들으면 흘려들을 가벼운 이야기 같지만, 곧 죽어가는 사람이 그런 말을 하니 조금 무서웠어요. 혹시 실성이라도 했나 싶어서요. 그러거나 말거나 언니는 항상 안개를 보고 또 봤죠.

그러던 어느 날이었어요. 몹시 추웠던 날이었는데, 언니가 대뜸 바깥에 나가고 싶다고 하는 거예요. 그동안은 게스트 하우스 안에서만 그림을 그렸거든요. 저는 바람도 많이 불어서 나가는 게 영 내키지 않았지만, 언니는 막무가내였어요. 그래서 하는 수 없이 그림 도구를 챙기고 바깥으로 향했죠.

2월의 바다는 추웠습니다. 저는 행여 언니가 감기라도 걸릴까 싶어서 옷이란 옷은 죄다 입혔어요. 멀리서 보면 털 달린 공으로 보일 정도로요. 그래도 언니는 바깥에 나와서 홀가분한 얼굴이었어요. 바다와 가까운 곳에 앉아서 다시 그림을 그리기 시작했죠.

언니는 뭔가에 집중하면 주위의 모든 것을 잊어버리는 버릇이 있는데, 그때도 마찬가지였어요. 바닷바람에 콧잔등이 새빨갛게 얼어도, 모래사장에서 흩날린 모래가 화판 위에 떨어져도 꿋꿋이 그림을 그렸죠.

겨울 바다를 보면서 아직 오지도 않은 6월의 바다를 그리는 언니의 모습은 어느 종교의 수행자같이 보였어요. 자신은 살 것이고, 그래서 그림에 그려진 것처럼 6월을 맞이할 것이라고 쉼 없이 자기 자신을 향해 기도하는 것 같았죠.

그러다가 얼마나 지났을까요. 언니는 나지막이 저를 불렀습니다. 갑자기 커피가 먹고 싶다고 했어요. 이왕이면 과자도 좀 사 올 수 있냐고 묻더라고요. 전 별생각 없이 언니의 부탁을 받아들였어요. 언니는 군것질을 좋아해서 작업하다가 종종 과자를 먹곤 했거든요.

그렇게 언니를 바닷가에 두고 근처 편의점으로 가는데, 어째 기분이 이상하더라고요. 뭔가 제 목덜미를 왈칵 움켜쥐는 기분이었다고 해야 할까요. 그냥 가기에는 어쩐지 기분이 찜찜해서 뒤를 돌아봤는데, 해변에 그리다 만 그림만 덩그러니 남아 있는 겁니다.

그 잠깐 사이에 어디 갔나 싶어서 급하게 주위를 두리번거렸는데, 언니가 차디찬 바닷가로 철벅거리면서 걸어 들어가고 있는 게 아니겠어요?

저는 언니를 부르면서 곧장 바다로 달려갔어요. 언니는 제가 아무리 불러도 뒤도 한번 돌아보지 않았죠.

다 죽어가던 사람이 무슨 힘이 있는지 저벅저벅 수평선을 향해 힘껏 발을 옮겼어요. 그러면서 제가 반강제로 입힌 옷가지를 하나둘씩 훌훌 벗는 거 있죠?

어떻게든 언니를 붙잡아야 한단 생각에 저는 온 힘을 다해 바다로 뛰어들었습니다. 바닷물은 살갗을 찢을 정도로 차가웠지만, 그런 것 따위를 신경 쓸 겨를은 없었어요. 쉼 없이 첨벙거리면서 언니가 있는 지점까지 움직이고 또 움직였죠. 물이 다리에 채여 몇 번이나 넘어지고 일어나는 걸 반복했는지 몰라요.

쉬지 않고 몰아치는 바닷물과 바람에 온몸이 미친 듯이 떨렸지만 멈출 수 없었어요. 이대로 가만있다가는 언니를 영영 놓칠지 모른다는 막연한 두려움이 들었거든요.

제 애탄 부름에도 언니는 대꾸 한번 하지 않았어요. 그저 마지막 남은 얇은 옷가지 하나만 걸친 채 머리만 둥둥 내밀고 떠 있었죠. 파도가 요란스럽게 머리를 쓸었지만, 언니는 물러서지 않았어요. 오히려 더할 나위 없이 홀가분한 얼굴이었습니다. 얼마 안 있어 해무가 자욱하게 몰려왔죠.

해무는 늘 그랬듯이 순식간에 일대를 집어삼켰습니다.

언니의 모습 역시 이내 날아온 안개에 묻혀 사라졌어요. 저는 언니의 이름을 목청이 터져라 불렀지만, 언니는 끝내 답해주지 않았죠. 어디가 어디인지 모를, 흐리멍덩한 풍경만 끝없이 이어졌어요. 하늘도, 바다도 그저 하얗기만 해 제가 어디에 있는지 순간 헷갈릴 정도였죠. 머리부터 발끝까지 하얀 페인트를 뒤집어쓴 채 텅 빈 세계에 내던져진 기분이었다고 하면 이해가 되시려나요.

그렇게 바다 한가운데에 얼마나 오래 내던져져 있었는지는 모릅니다. 바닷물에 허리 아래의 감각이 모조리 무뎌질 때까지 저는 언니를 찾아 일대를 맴돌았어요.

그러다가 뒤늦게 바람이 한 자락 불어오더군요. 주위를 가득 채운 해무가 조금씩 흩어졌어요. 하늘도, 땅도, 바다도 조금씩 제 모습을 되찾았죠.

하지만 언니는 없었습니다. 그 어디에도요. 애초부터 여기에 없었던 사람이었던 것처럼 말끔히 지워진 채 바다에는 오직 저와 언니가 그리다 만 자화상, 이 둘만 남아 있었죠.

* * * * *

경찰은 언니가 스스로 바다에 몸을 던졌을 것이라 추측했어요.

불치병에 걸린 사람은 종종 극단적인 선택을 내리곤 하는데, 아마 언니도 그럴 거라고 했죠.

그 뒤로 언니의 시체라도 건지고 싶어서 몇 날 며칠을 수색했지만, 결국 시체는 찾지 못했어요. 하는 수 없이 사망 신고를 했어요.

그 날씨에, 곧 죽어가던 사람이 바닷가에 그러고 있으니 오래 살아 있을 리 없으니까요. 가족들은 그래도 장례식은 치러야 한다면서 약식으로라도 하자고 했고요. 그래서 제가 장례식 내내 도저히 정신을 차릴 수 없었던 겁니다. 시신이 없는 장례식을 저는 납득하기 어려웠거든요.

그리고 이건 인제 와서 말씀드리는 겁니다만, 장례식을 치른 뒤 며칠 지나지 않아 꿈을 꾼 적이 있어요.

아주 생생한 꿈이었죠. 꿈에 언니가 나왔어요. 아팠던 때가 아닌, 제가 기억하고 사랑하는 건강하고 멋진 언니의 모습으로요. 언니와 저는 꿈속에서 쇼핑을 하고, 드라마를 보고, 카페 가서 수다를 떨면서 평범한 일상을 즐겨요. 그리고 항상 언니는 제게 마지막에 묻습니다. 언제까지 꿈에 잡혀 있을 생각이야, 라고요.

저는 그 말을 듣고서 꿈에서 깹니다. 그리고 언니가 없는 현실을 살아가죠. 음식을 먹고, 노래를 듣고, 일을 하는 그런 삶 말이에요. 그런데 어째 요즘 들어 모든 게 허무하게 느껴져요.

매일을 그러고 있다 보면 또다시 언니가 꿈에서 얼굴을 비춰요. 꿈에서 우리는 예전과 마찬가지로 즐겁게 놀죠. 그러고 나서 언니는 항상 제게 반복해서 물어요. 네, 맞아요. 언제까지 꿈에 잡혀 있을 거냐고요.

혹시 꿈을 꿔보신 적 있으신가요?

저는 요즘 들어 의문이 들어요. 만약에 우리가 꿈을 꾸다 깨면, 그 꿈은 어디로 가는 걸까요? 영영 사라지는 걸까요? 아니면 자신이 결국은 누군가의 꿈이라는 것도 모른 채 홀로 살아갈까요?

멍청한 상상이라 할지 모르지만, 저는 꿈에서 언니를 만날 때마다 그런 생각을 해요. 어쩌면 이 세계가 언니가 꾸던 악몽이었을지 모른다고요.

현실의 언니는 건강하고 행복해요.

그런데 어느 날, 끔찍한 병에 걸려 죽어가는 악몽을 꾼 거예요. 그러다 언니는 이게 꿈이라는 걸 인지하고 깨어나죠. 하지만 언니가 만들어 낸 이 세계는 아직도 남아 있어요.

언니는 여기를 짧게 스쳐 지나갔을 뿐이지만, 저는 그 꿈에 붙들려 있는 거죠. 맞아요, 언니는 죽지 않았어요. 그저 가벼운 여행을 끝낸 다음, 다만 본래 있어야 할 곳으로 돌아갔을 뿐인 거예요.

* * * * *

혹시 제가 언니를 죽인 게 아니냐고요?

저를 취조했던 형사님과 똑같은 말씀을 하시네요. 맞아요. 그렇게 생각하실 수 있겠네요. 언니에게 시달리던 제가 너무 힘에 부친 나머지 언니를 그 바다에서 죽였고, 그 시체를 유기했다고 하면 그럴듯한 이야기가 완성되죠.

부정하지는 않을게요. 제가 부정해 봤자 이미 확신에 찬 의심을 비틀 수는 없잖아요. 사실 저도 그런 마음을 아예 안 가진 건 아니에요. 언니가 이럴 거면 차라리 확 죽어버렸으면 좋겠다고요. 언니가 사라졌던 날, 저는 좀 더 악을 쓰고 언니를 찾아다닐 수 있었어요. 하지만 그렇지 않았죠. 당시에는 왜 그랬는지 몰랐는데, 시간이 흐른 후에 자연스럽게 알게 됐어요.

저는 언니가 사라졌으면 좋겠다고 어렴풋이 생각하고 있었거든요. 그래서 언니가 안개 너머로 모습을 감췄을 때, 한편으로는 안도하고 있었어요. 더 이상 아픈 언니를 돌보지 않아도 된다는 사실에요.

참 못난 동생이죠? 그래서 저는 처음에 언니의 자화상을 보는 게 무척 힘들었어요. 얼굴 없는 자화상이 꼭 저를 꾸짖고 있는 것 같았거든요. 하지만 어느 날, 문득 이런 생각이 들었어요. 혹시, 나 역시 언니가 만들어 낸 악몽이 아닐까, 라고요.

아픈 언니가 일찍 죽길 바라는 동생. 골칫덩어리 언니가 영영 사라져서 반가워하는 동생. 이만한 악몽이 또 있을까요. 이 세상이 언니에게 있어 악몽이라면, 저 역시 그 일부일지 몰라요. 그러니까 저 그림을 보는 게 조금은 마음이 편해지더라고요. 저 역시 꿈의 일부인데 뭐 그리 깊게 생각할 게 있나 싶어서요.

저 자화상을 자세히 보시면 알겠지만, 얼굴이 없죠?

저는 저게 바로 이 세상이 꿈이라는 증거가 아닐까, 라고 생각해요. 혹시 꿈속에서 자신이 어떤 모습이었는지 기억이 나시나요?

　사람은 보통 꿈을 완전히 기억하지 못해요. 눈으로 보는 게 아니거든요. 김 서린 뿌연 유리 너머로 풍경을 보듯 어렴풋이 그 흔적만 짐작할 뿐이죠. 언니는 어느 순간 알았을 겁니다. 지금 자신이 꿈을 꾸고 있는 중이라고요. 그래서 얼굴만 그리지 않은, 아니, 그리지 못했던 것이겠죠.

　내년 6월에 그 바다로 짧은 여행을 떠날 생각이에요. 저 그림도 함께요.

　6월의 바다에 서면 과연 꿈에서 길을 잃어버린 게 언니인지, 아니면 저인지 알 수 있을지도 모릅니다.

　그리고 어쩌면, 아주 어쩌면 저 그림이 완성될지도 모르죠.

13.
JUMP SUIT :

설명을
귀담아들어야
하는 이유

점프슈트를 착용하신 분들은 안내에 따라 하강 지점에서 준비하시길 바랍니다.

이번 임무는 개척지점에 무사히 하강해 연구 자료를 회수하는 것이 목적입니다.

해당 장소는 굉장히 위험한 곳인 만큼, 여러분들에게 지급된 점프슈트에는 특수 장치가 설치되어 있습니다.

이번 임무의 특수성과 위험성을 고려해 제작되었기에 만약의 경우가 일어나면 설명에 따라 점프슈트의 장치를 재량껏 작동하시길 바랍니다.

이제 점프슈트 기능에 대한 안내가 있을 예정이니, 경청하여 주십시오.

먼저 점프슈트의 바지 왼쪽 주머니를 보겠습니다. 주머니 안에는 소량 동봉된 알약이 들어 있을 겁니다.

이 알약은 저희 회사에서 만든 특수 화학 약품으로, 섭취 시 졸음이 오다가 5분 후에 고통 없이 사망에 이릅니다. 만약의 경우 여러분의 자율적인 판단하에 알약을 복용하시길 바랍니다.

알약을 제대로 복용하지 못하시는 분들을 위해 반대쪽 오른쪽 주머니에는 액상 형태의 약이 들어 있습니다. 튜브 형식으로 쉽게 짜 먹을 수 있도록 만든 만큼, 알약에 부담이 있으신 분들은 액상 약을 복용하시길 바랍니다.

약 복용이 부담스러우시다면, 옆구리에 있는 권총을 적극 사용하시길 권해드립니다. 해당 권총은 오직 사용자 본인에게 탄환이 발사되도록 설계된 만큼, 불미스러운 시도는 시행하지 않기를 권유하는 바입니다.

만약 사망 이후에 시신이 온전히 남길 바라신다면, 점프슈트 가슴 주머니에 있는 와이어를 적극적으로 활용하시길 바랍니다.

와이어는 성인 남성 다섯 명을 지탱할 수 있을 정도로 튼튼합니다. 혹시 매듭짓는 방법을 모르시는 분들이 있을까 봐 간단한 매뉴얼도 동봉되어 있으니 참고하시길 바랍니다.

이제 점프슈트 손목 부분을 보겠습니다. 붉은 단추가 보이실 겁니다.

여기를 30초 이상 강한 힘으로 누를 경우, 손목 안쪽에 설치된 바늘이 튀어나와 여러분의 동맥에 특수 화학 약품을 투입합니다.

이 경우 최대 5분에 걸쳐 졸음이 오다가 고통 없이 사망에 이르는 게 가능합니다.

그보다 빠른 처리를 원하시면, 목 양쪽에 있는 긴 줄 두 개를 동시에 잡아당기시길 바랍니다. 그럴 경우 점프슈트의 안감에 설치된 전기 충격기가 발동하면서 여러분의 몸에 25,000와트의 전류를 약 3초간 이어 방출합니다. 이 경우 빠르게 사망할 수 있으니, 참고하시길 바랍니다.

만에 하나 전기에 대한 부작용이 염려되신다면, 긴 줄을 뒤로 잡아당기시길 바랍니다. 그러면 점프슈트 목둘레에 있는 특수 와이어가 작동해 여러분의 기도 부분을 압박하도록 설계되어 있습니다. 다만, 이 장치는 사람에 따라 사망에 이르는 시간이 다를 수 있으니, 유의하시길 바랍니다.

임무 중 양팔이 절단, 혹은 골절되어 기기를 조작하기 어려울 경우 오른쪽 무릎에 있는 버튼을 바닥 부분으로 향한 채 체중을 실어 압박하시길 바랍니다.

그 상태로 10분이 지날 경우, 점프슈트 안쪽에 준비된 바늘이 튀어나와 혈관에 특수 화학 물질을 투입합니다. 이 경우에도 졸음이 오다가 고통 없이 사망에 이를 수 있습니다.

혹시 양팔과 양다리가 골절, 혹은 절단되어 기기를 작동하시는 게 힘드시다면, 왼쪽 어깨 장식 부분에 체중을 실어 강하게 압박하시길 바랍니다. 그럴 경우 목 아래에 설치되어 있는 비닐 덮개가 코와 입 부분을 강하게 덮을 겁니다. 비닐 표면에는 특수 화학 물질이 코팅되어 있으니, 빠른 시간 안에 사망에 이를 수 있습니다.

불의의 사고로 양팔과 양다리는 물론, 운신이 불가능한 상태라면 점프슈트 오른쪽 어깨 부분에 있는 음성 인식 장치에 본인의 성함과 생년월일을 빠르게 세 번 외치시길 바랍니다. 이 경우 해당 점프슈트 뒤쪽에 설치된 바늘이 척수 부근에 화학 약품을 투여함으로써 빠른 시간 안에 사망에 이를 수 있습니다.

또한, 불의의 사고로 양팔과 양다리, 그리고 운신은커녕 목소리조차 나오지 못하는 상태라면 점프슈트 목 언저리에 설치된 모니터에 홍채 인식 시스템을 활용하시길 바랍니다.

인식 승인이 난 이후에 눈동자를 시계 반대 방향으로 천천히 세 번 돌리면 점프슈트가 빠르게 수축하면서 여러분의 기도를 압박해 빠른 시간 안에 죽음을 맞이할 수 있도록 도울 것입니다.

물론 양팔과 양다리, 운신과 목소리, 그리고 안구마저 움직일 수 없는 상태라고 해도 크게 걱정하지 않으셔도 됩니다. 점프슈트 내에는 착용자의 심장 박동과 맥박, 움직임을 감지하는 설비가 설치되어 있습니다.

만약 여러분이 3일 이상 같은 공간에 움직임 없이 누워 있다면, 회생 불가 상태라고 판단해 점프슈트의 발화 기능이 작동합니다. 이 경우 점프슈트가 착용자와 함께 소각됩니다. 참고하시길 바랍니다.

점프슈트의 설치된 기능은 모두 동일합니다.

혹시 개인 사유로 점프슈트의 설비를 작동시키지 못하시는 분들을 발견하면, 동의를 구하고 대신 작동해 주시길 바랍니다. 여러분의 적극적인 배려를 부탁드리는 바입니다.

혹시 다른 분의 비명 소리 때문에 시끄러우시다면, 소매 안쪽에 동봉된 귀마개를 사용하시길 바랍니다.

그러면 이제 하강에 들어가겠습니다.

아무쪼록 여러분의 안전한 귀환을 기원합니다.

14. JOCKEY :

오직
빠름만을

저희 경마장에서 제일 빠른 말이요?

그건 두말할 것 없이 날랜이죠.

맞아요. 저기 코스 위에서 열심히 뛰고 있는 말이요.

날랜, 이름이 조금 독특하죠?

원래 이름은 알랜이었어요. 조금이라도 더 빨리 달렸으면 해서 전임 기수가 이름을 바꿨죠. 알랜이나, 날랜이나 발음이 비슷하기도 하고요.

날랜은 여러모로 경마장에서 유명한 말이에요. 날랜의 부모는 둘 다 뛰어난 명마였거든요. 전국에서 가장 빠르고 강한 말을 골라 교배시켜 얻었다고 들었어요.

그 덕인지 날랜은 어렸을 적부터 특이했죠. 보통 말은 태어나마자 걸음마를 시작하는데, 날랜은 달리는 것부터 먼저 했어요. 갓 태어난 자신을 받던 수의사와 자신을 낳아준 어미까지 걷어차 버리고 말이에요. 떡잎부터 확실히 달랐죠.

전임 기수는 그런 날랜에게 기대가 컸어요. 그래서 날랜이 어릴 때부터 혹독하게 가르쳤죠. 먹는 것, 자는 것, 심지어 어디서 무얼 보는지조차 신경 썼어요. 날랜을 최고의 경주마로 만들기 위해서요. 아마 친자식에게도 그렇게 못할 거예요.

날랜이 사람을 태울 정도로 커지자 전임 기수는 아예 날랜과 함께 살다시피 했어요. 잠자리도 날랜의 축사 옆에 마련할 정도였죠. 아침에 눈을 뜨고, 밤에 잠들어 눈을 감기 전까지 그의 관심사는 오직 날랜 하나뿐이었다고 해도 과언이 아니에요.

전임 기수는 처음부터 나쁜 사람은 아니었어요. 적어도 쓸모없어진 경주마들을 고기용으로 팔아넘기진 않았으니까요. 누구보다 부지런하고, 자신의 일에 자부심을 가진 사람이었죠. 그게 집착으로 변해서 문제였지만요.

전임 기수는 말의 속도에 열광했어요. 말을 타고 달리다 보면, 그 속도감에 온몸이 저릿저릿할 때가 있다고 했죠. 꼭 자신이 바람이나, 빛과 같은 자연의 일부가 된 것 같다나요. 오직 말을 타고 달릴 때가 가장 행복하고, 말을 타고 달리는 것이 인생의 목적인 사람이었죠. 그에게 날랜은 어쩌면 삶을 더 높은 경지로 이끌어 줄 수 있는 희망이었을 거예요.

그와 별개로 날랜의 삶은 고달팠어요. 몸을 날렵하게 해야 한다면서 먹이도 제대로 먹지 못했죠. 쉬는 날도 없었어요. 새벽이 밝기 무섭게 전임 기수를 태우고 달리고, 또 달려야 했어요. 몇 번인가 탈진해서 쓰러진 적도 있는데, 전임 기수는 약도 주지 않고 매만 때리더군요. 지구력을 키워야 한다나요.

저는 말에 대해 잘 모르지만, 그의 행동이 너무한 것 같아 몇 번 말리려고 든 적이 있어요. 하지만 그럴 때마다 전임 기수는 광기 어린 얼굴로 두 발로 걷는 놈은 자기 일에 끼어들지 말라고 하더군요.

참 웃기죠? 자신도 사람이면서 저를 '두 발로 걷는 놈'이라고 운운하다니.

아마 그 무렵 전임 기수는 자신과 날랜을 하나의 몸이라고 생각한 것 같았어요. 그의 눈에는 자신은 날랜과 하나 되어 네발로 질주하는 자유로운 존재고, 저는 두 발로 걷는 주제에 멋대로 끼어드는 참견쟁이로 보였겠죠.

아무튼 이런 집념 덕에 덕분에 날랜은 놀라우리만큼 빠른 속도로 성장했어요. 훈련을 한 지 몇 년 만에 저희 경마장에서 가장 빠른 말이 되었죠. 모두의 기대를 한 몸에 받았어요. 날랜과 전임 기수, 둘 다요.

첫 데뷔 경기가 잡히자, 관람객들이 벌떼처럼 몰려들었죠. 모두 새로운 스타의 탄생을 직접 보고 싶어 했어요. 일단은 경기였기 때문에 주위에 다른 말들은 많았지만, 전부 형식적인 것이었죠. 날랜은 그 자리의 유일한 주인공이나 다름없었어요. 관객들은 한목소리로 날랜의 이름을 외쳤거든요.

시작 신호가 울리자, 날랜은 어떤 말보다 빠르게 달려갔어요. 누군가는 '꼭 말의 형태를 한 번개 같았다.'라고 하더군요. 평생을 빨리 달리도록 교육받은 말다웠죠. 흔들림 없는 냉정한 모습으로 순식간에 완주했어요.

비극적이게도, 전임 기수는 그걸 보지 못했지만요.

안타까운 사고였어요. 시작 신호가 울릴 때, 누군가 전임 기수의 이름을 불렀나 봐요. 원래 그럴 사람은 아닌데, 순간 긴장이 풀려서 그런지 전임 기수는 웃으면서 손을 흔들어 줬다더군요.

그 찰나의 순간에 날랜은 출발했어요. 미처 고삐를 잡고 있지 못했던 전임 기수는 충격을 견디지 못하고 옆으로 고꾸라졌죠. 그것도 발이 등자에 단단히 끼인 상태로요.

만약 날랜이 그 즉시 멈췄더라면 목숨은 건질 수 있었을 거예요. 하지만 날랜은 평생을 빨리 달리도록 교육받아 왔어요. 멈추는 법 따위는 몰랐죠. 자신을 키우고 훈련시킨 기수가 어떤 꼴이 되었든 전혀 상관하지 않고 앞만 보고 달렸어요.

상황 파악을 마친 전임 기수는 어떻게든 날랜의 등 위에 올라앉으려고 했어요. 하지만 말의 속도를 인간의 몸으로 이겨내기에는 역부족이었죠. 결국 그는 몇 번 버둥거리다가 날랜의 속도를 이기지 못하고 맥없이 바닥에 처박혔어요. 그리고 그 상태로 질질 끌려갔죠. 발 하나만 등자에 겨우 걸친 채로요.

날랜은 그 상태로 1등을 했고요. 전임 기수는…… 음…… 말하지 않는 게 좋겠네요. 다들 그걸 보고 충격을 많이 받았거든요. 그나마 다행인 것은 중간 정도에 목숨이 끊어져서 생각보다 고통이 길지 않았을 것이라는 점이에요.

사람들이요? 당연히 처음에는 날랜을 멈추고 전임 기수를 구하려고 했죠. 아무리 그래도 사람 목숨만큼 중요한 건 없으니까요. 그런데 경마장에서 제일 빠른 말을 사람들이 무슨 수로 쫓아가요? 그냥 경기장 구석구석에 흩어진 시체 조각을 줍는 게 할 수 있는 일의 전부였어요.

이후에 날랜은 어떤 경기에도 나가지 못했어요.

안타깝죠. 저렇게 빠른 말을 그냥 놔두다니.

딱히 날랜 잘못은 아니에요. 저기 보이세요? 날랜의 등 뒤에요. 아마 안개처럼 희미하게 보일 거예요.

맞아요, 전임 기수예요.

날랜이 너무 빨라서 비록 몸은 따라가지 못했지만, 그보다 가벼운 영혼은 여전히 붙어 있죠.

전임 기수는 저 상태로 여전히 날랜을 훈련시키고 있어요. 그게 날랜을 향한 원한인지, 아쉬움인지는 모르겠지만요. 다만, 영혼 상태로까지 저렇게 딱 붙어 있는 걸 보면 빠름에 대한 집착은 아직 못 버린 것 같아요.

모두 전임 기수 때문에 날랜을 피하고 있어요. 아무래도 영혼이 달라붙어 있는 말에 올라타는 건 영 꺼림칙하니까요. 날랜도 다른 사람을 자신의 등 뒤에 태우는 걸 딱히 좋아하지 않고요.

아마 둘은 영원히 달리기만 할 거예요.

저들의 종착점이 과연 어딘지 아무도 모르지만요.

15.
JUST :

그저,
단지

우리 아이는 정말 착한 아이예요.

정말이에요. 태어난 이후로 지금까지 한 번도 칭얼거린 적이 없었죠.

사실 첫 아이라 걱정을 많이 했어요.

제 주위에서 아이를 가지신 분들은 한목소리로 육아에 대한 고충을 털어놓곤 했거든요. 틈만 나면 깨서 울고, 사소한 것에서 겁을 먹고 울고, 작은 충격에도 세상이 무너질 만큼 울어대서 편히 자본 적이 없다고요.

알아요. 기억은 나지 않지만, 저도 과거에 그런 적이 있었겠죠. 모든 아이들은 다 작은 일에도 세상이 떠나가라 할 정도로 울곤 하잖아요.

그런데 저희 아이는 단 한 번도 그런 적이 없었었어요. 태어난 이후로 늘 생글거리며 웃기만 했죠. 저는 처음에 그런 제 아이가 착하고 키우기 쉬운, 다른 아이들과 다른 특별한 아이라고 생각했어요.

태어난 후에 제대로 울지도 않았어요. 다른 아기들처럼 두 시간마다 깨고 자는 것을 반복하면서 젖을 달라고 보채지도 않았죠. 춥든, 덥든 눕히기만 해도 쿨쿨 잘 잤어요. 이유식을 시작했을 때도 마찬가지였어요. 이유식이 뜨겁든, 차갑든 그저 잘 먹었죠.

저는 처음에 이런 제 아이가 좋았어요. 다른 엄마들이 육아를 하면서 불편을 토로했을 때, '우리 아이는 그런 적 없는걸?' 하면서 은근히 좋아하기도 했죠. 이 엄마를 한 번도 지치게 한 적 없는, 귀한 아이가 찾아왔단 생각에 늘 기뻤어요.

그러다 몇몇 사람이 제 아이가 다른 아이들과 다르다는 걸 눈치챘어요.

처음 이상함을 느낀 건 친정엄마였죠. 친정엄마는 제대로 보챈 적 없는 제 아이를 보고 혹시 청각 장애가 있는지 걱정하셨어요. 잘은 모르지만, 귀에 문제가 있는 아이들은 간혹 다른 아이들보다 주위 소음에 둔감하다고 하더군요.

처음에는 재수 없는 소리라고 생각했지만, 저도 조금 의심이 들긴 했어요. 그래서 혹시나 하는 마음에 병원에 데려갔죠. 다행히 우리 아이의 청각 상태는 정상이었어요. 발달 상태 역시 다른 아이들과 크게 다를 바가 없었어요.

그렇게 처음에는 안도하면서 가슴을 쓸어내렸어요.

그러던 어느 날, 남편이 아연실색해서 저를 부르는 거예요. 그 무렵 아이는 조금씩 걸음마를 떼고 있었는데, 걷기 연습을 하다가 넘어진 모양이에요. 무릎이 다 깨져서 피가 줄줄 흐르고 있었죠.

그래요, 저는 그때 제 아이에게 뭔가 문제가 있다는 걸 깨달았어요. 제 아이는 그런 와중에도 울지 않았거든요. 소리쳐서 엄마를 부르지도 않았죠.

오히려 아이는 피가 흘러내리는 자신의 상처를 신기하다는 듯이 보고 있을 뿐이었죠.

그리고 얼마 가지 않아 이가 나기 시작했어요.

그래서 오늘 이렇게 병원에 데리고 온 겁니다.

부탁할게요, 선생님. 제발 제 아이의 이를 모두 뽑아주세요.

우리 아이는 정말 착하고, 칭얼거릴 줄 모르는 아이예요.

그저, 단지…… 고통이라는 게 무엇인지 모를 뿐이랍니다.

16.
JUVENILE :

사춘기 자녀를 위한 맞춤형 수술

안녕하십니까, 여러분!

오늘 이 시간에는 각 가정에 획기적인 변화를 이끌어 줄 상품을 소개해 드리고자 합니다.

혹시 요즘 들어 부쩍 아이가 말을 듣지 않아 고민이진 않으신가요?

혹시 아이가 사춘기를 험하게 보내느라 부쩍 힘들지 않으신가요?

혹시 요즘 아이가 쓸데없는 취미에 빠져 학업 성적이 시원찮지는 않으신가요?

이 시간, 이 땅에 자녀 문제로 고민하시는 모든 분을 위해 준비했습니다.

바로 '착한 아이 수술'입니다!

수술이라는 말을 듣고 깜짝 놀라셨나요?

어이쿠, 수술이라고 해서 특별히 고통이나 오랜 입원이 필요한 것이 아닙니다. 이 수술은 깔끔하고, 아주 간편하게 이뤄집니다. 수면마취로 이뤄지기 때문에 별다른 통증이 없지요. 흉터 걱정은 하실 것도 없답니다.

자, 그러면 이제 본격적으로 이 상품에 대해 소개해 드려야겠군요.

이 착한 아이 수술은 고매하신 아동 정신의학과 전문의인 안토니오 에가쉬 무니스 박사가 고안하셨습니다.

박사님의 연구에 따르면, 우리 뇌에는 흥분과 폭력을 관장하는 부분이 있답니다. 그런데 이게 청소년기에 이르면 굉장히 불안정하게 변화됩니다. 물론 대부분의 아이들은 이 부분이 문제없이 평범하게 성장합니다만, 일부 문제가 있는 아이들은 이 부분이 지나치게 활성화된 상태로 성인이 됩니다. 그리고 태만해지고, 게을러지고, 범죄를 저지르는 데 주저함이 없죠.

비록 외부적으로 보이는 문제가 없다고 하더라도 이 부분이 나중에 어떤 문제를 일으킬지 모릅니다.

아이가 하나에 집중하지 못하게 될 수도 있고, 공부가 아닌 취미에만 몰두하게 될 수도 있고, 부모님 말씀은 무시하는 그런 못된 아이가 될 수도 있죠. 이 부분이 나중에 어떤 문제를 일으킬지는 아무도 모릅니다. 참 끔찍한 일이 아닐 수 없습니다. 그렇죠?

그래서 박사님께서는 이 부분이 문제를 일으키기 전에 절제하는 수술 방법을 고안했습니다. 이 부분만 깔끔하게 잘라내면, 여러분의 아이는 만인이 부러워하는 순종적인 아이로 성장할 수 있답니다.

자, 생각해 보십시오. 우리 아이가 평생 부모님 말씀에 순종한다면 얼마나 좋을까요? 항상 부모가 시키는 대로 좋은 공부, 좋은 직장에 들어가 빛나는 인생을 얻을 수 있겠죠? 행여 나쁜 길에 눈을 돌리지 않고, 모두가 가리키는 그 방향만 항상 웃으면서 바라볼 겁니다. 모두가 그런 아이를 가진 여러분을 부러워할 겁니다!

여러분, 아이를 사랑하십니까?

사랑하는 아이가 설마 뇌의 어떤 부분 때문에 충동을 이기지 못하고 남들에게 뒤떨어지는 삶을 살길 원하지 않으시죠? 이제 우리 아이를 위해 부모님들이 나설 차례입니다. 아이에게 값지고 빛나는 미래를 선물하세요!

우리 아이를 위한 '착한 아이 수술'이 여러분을 기다립니다!

참고로 나이 드셔서 갱년기다, 뭐다 힘드신 우리 부모님들을 위해 자매품인 '착한 부모 수술'도 함께 진행 중입니다.

혹시 부모님이 지나치게 오래 살아 여러모로 곤란하신가요?

늙은 부모가 말도 안 되는 고집을 부려 가족들 모두를 힘들게 하나요?

유산을 핑계로 모시기를 강요하나요?

어휴, 자식을 힘들게 하는 부모는 없느니 못하죠!

그런 여러분에게 '착한 부모 수술'을 추천합니다.

저항은 걱정 마세요! 우리 회사에는 늙은 부모 정도는 가뿐하게 제압할 완력이 강한 인력이 항시 대기 중입니다. 전화 한 통만 주시면 여러분의 귀찮고 늙은 부모를 '착하게' 만들어 드립니다.

지금 이벤트 기간이니, 두 수술을 함께 준비하시면 특별히 할인가로 진행해 드립니다!

17.
JUNGLE :

낙원은
굶주렸다

존경하고 보고 싶은 아버지께.

지금 우둘투둘한 땅바닥에 기대어 편지를 쓰고 있기 때문에 조금 글씨가 흔들릴지 모르겠어요. 그래도 아버지는 눈썰미가 좋으시니, 잘 읽으실 거라 믿어요.

내일이면 형이 편지로 말했던 정글에 도착해요. 맞아요, 형이 편지로 말했던 그 지상낙원 같다는 곳이요.

벌써부터 설레요. 형이 매번 편지로 여기가 얼마나 아름다운지, 자신이 얼마나 행복한지 떠들어 댔잖아요. 여기 사는 사람들은 황금과 보석이 귀한지 몰라서, 온갖 비싼 것들이 조약돌처럼 쌓여 있다고까지 했죠.

아버지는 몽상가 놈이 하는 헛소리라고 일축하셨지만, 저는 꼭 정글에 가보고 싶었어요. 형을 잡아 이끈 정글이 얼마나 아름다운지 늘 궁금했거든요.

형이 갑자기 정글로 떠난다는 편지 한 장만 남기고 가출해서 우리 가족 모두 경악했던 거 기억하세요?

아버지는 화를 내셨고, 어머니는 엉엉 우시기만 했죠. 사실 저도 형이 미친 줄 알았어요. 형은 말라깽이에 운동 신경이라고는 하나도 없잖아요, 저는 분명 못 미더운 형이 정글에 가자마자 짐승에 잡아먹힐 거라 생각했죠.

그런데 무슨 기적인지 형은 정글에 그대로 정착했어요. 거기다 매번 편지를 꼬박꼬박 보내왔죠. 매번 편지로 여기가 얼마나 아름다운지 그리고 자신이 얼마나 행복한지 신물 나게 떠들어 댔죠. 그걸 읽고 있다 보니 여기로 오고 싶은 충동을 도저히 억누를 수 없었어요.

제 걱정은 하지 마세요. 허약하고 말라깽이인 형도 정글에 정착했는데, 저라고 못 하겠어요? 혹시 몰라서 아버지 반대를 무릅쓰고 탐사대와 의사까지 고용했잖아요. 비록 저들의 목적은 형이 편지로 말했던 보석과 황금이지만요.

설마 아직도 형이 멋대로 원주민 여자와 결혼한 것 때문에 화가 나신 건 아니죠?

형이 잘했다는 건 아니에요.

아무리 그래도 부모님 허락 없이 멋대로 결혼하다니요.

그래도 아버지, 그 여자분은 형의 아이를 낳았어요. 아버지와 눈동자 색이 똑같은 귀여운 딸을요.

저는 형이 늘 못 미더웠지만, 그래도 가족을 위해 정글에 남기로 한 결정만큼은 훌륭하다고 생각해요. 아버지가 누누이 말씀하셨듯이 남자는 책임지는 법을 배워야 하니까요.

무엇보다 저는 이제 갓 태어난 조카가 궁금해요. 형이 편지에 딸아이가 얼마나 귀엽고 예쁜지 구구절절 써놓았잖아요.

비록 아버지는 돼먹지 못한 놈이라고 소리치면서 편지를 마구잡이로 찢어버리셨지만, 어찌 됐든 그 아이는 제 조카고, 아버지의 손녀예요. 형수 되시는 분도 천사같이 선량하신 분이라고 형이 그랬잖아요.

가족은 어디에 있어도 가족이다.

아버지가 물려주신 금시계 덮개에 적힌 우리 집안 가훈이에요. 가보답게 여기서도 째깍째깍 잘 돌아가네요. 저는 무슨 일이 생길 때마다 항상 이 글귀를 보면서 가훈을 되새기곤 해요. 아무리 형이 가출해서 누군지도 모를 여자와 결혼했다고 해도 가족은 가족이에요. 설사 거기가 어딘지 모를 깊은 정글이라고 해도요.

아버지가 형을 어떻게 생각하시든, 저는 제 조카를 꼭 안아줄 거예요. 형수님에게 인사도 드리고요. 둘 다 제 새로운 가족이니까요.

이 편지는 강 하류에 있는 나뭇등걸에 둘 거예요. 듣자 하니, 주기적으로 벌목꾼들이 여기를 오가면서 자잘한 우편물을 대신

부쳐준다더군요. 과연 이 편지가 언제 도착할지는 저도 몰라요. 하지만 다음번 편지는 형이 말한 지상낙원 같은 정글에서 쓰고 있을 거예요.

그러니 아버지, 뜻을 어기고 멋대로 정글로 떠난 둘째를 용서해 주세요.

* * * * *

존경하고 보고 싶은 아버지께.

아버지, 조금 착오가 생긴 것 같아요.

분명 형이 편지로 말한 지점에 도착했지만, 여기는 어두컴컴한 정글뿐이에요.

편지처럼 지상낙원 같은 곳이 전혀 아니에요.

나무가 끝도 없이 빽빽하게 자라고 있어 정글 안은 한밤처럼 어두컴컴해요. 가만히 있으면 으슬으슬 한기까지 밀려올 정도예요.

게다가 한 시간 간격으로 미친 듯이 비가 쏟아졌다 그치기를 반복해요. 이 때문에 옷과 식량이 대부분 빗물에 젖었어요. 여기에 있는 모든 것이 다 축축하고, 공기에서는 곰팡이 냄새가 나요.

원주민들도 만났어요. 하지만 그들은 우리를 보자마자 돌과 화살을 던졌죠. 형은 분명 착하고 친절한 사람들이라 우리를 환대할 거라고 했는데, 왜 저렇게 적대적인 것인지 모르겠어요. 전혀 다른 사람들 같아요.

 황금과 보석도 눈을 씻고 찾아봐도 없어요. 형이 분명 정글에 지천으로 널려 있다고 했는데, 여기에 있는 건 기괴한 벌레들밖에 없어요. 실수로 그중 하나를 잘못 만져 왼손이 통통 부어올랐어요. 그래도 오른손은 멀쩡해 편지를 쓸 수 있어 다행이지만요.

 아무리 생각해도 잘못 온 것 같아요. 형이 편지로 말하던 곳과는 전혀 딴판이거든요. 분명 탐사 대원들이 방향을 잘못 보고 엉뚱한 곳으로 저를 끌고 온 거겠죠.

 역시 아버지 말을 따를 걸 그랬어요. 아버지가 자주 그러셨잖아요. 황금에 눈이 멀어 급하게 모인 놈들치고 멀쩡한 놈을 못 봤다고요. 여기에 있는 탐사 대원 모두 정글에 있다는 황금에 혹해 모인 놈들이에요. 멀쩡히 길을 안내했을 리 없죠.

 일단 내일 다시 탐사에 들어갈 계획이에요. 오늘 쓴소리를 좀 했으니, 아마 다음번에는 형이 머물고 있는 정글에 도달할 수 있겠죠.

 이만 편지 줄일게요.

 건강 조심하세요.

* * * * *

존경하는 아버지께.

편지가 그동안 조금 뜸했죠?

그동안 잠시 복잡한 일이 있었거든요.

우선 몇 번이나 형이 말한 지점을 찾아 탐사를 계속했어요, 하지만 아무리 그래도 같은 곳으로 도착했죠. 맞아요, 이 축축하고 어두운 정글로요.

애초에 저는 잘못 온 게 아니었어요.

형이 말한 정글이 바로 여기였거든요. 증거도 있어요.

우리 탐사 대원이 근처에서 부러진 안경테를 발견했거든요.

형이 쓰던 안경테요. 한눈에 알아봤죠.

그렇다는 건 최근까지 형이 여기에 있었다는 뜻일 텐데, 대체 어디로 가버린 것인지 모르겠어요, 무슨 생각으로 이런 곳에 머물면서 저희에게 거짓말로 가득한 편지를 보낸 걸까요? 형이 못 미덥긴 하지만 이런 걸로 허풍을 떨 사람은 아니잖아요.

지금 저희 상태는 날이 갈수록 최악으로 치닫고 있어요.

제가 약속했던 황금과 보석이 보이지 않자 슬슬 곳곳에서 분노가 나오는 중이거든요. 우선 형만 찾으면 그 장소로 안내해 달라고 하면 된다고 달래고는 있지만, 이게 얼마나 오래갈지 모르겠어요.

무엇보다 하늘에 구멍이라도 뚫린 것처럼 쏟아지는 비 때문에 미칠 것 같아요. 비, 비, 비! 저놈의 비! 비 때문에 식량과 침구 모두 시커먼 곰팡이로 뒤덮였어요. 배고픔을 못 이겨 곰팡이 핀 음식을 먹었다가 하루 종일 토했죠. 이 모든 게 저 하늘에 쏟아지는 비 때문이에요.

탐사 대원 중 몇 명이 사냥을 시도하기도 했어요. 하지만 전부 수포로 돌아갔죠. 오히려 사냥 갔던 대원 중 한 명이 팔을 크게 다쳐서 돌아왔어요.

고쳐주고 싶지만 그럴 수도 없어요. 의사가 풍토병에 걸려서 앓아누웠거든요. 여기서 유일하게 병을 고칠 사람이 쓰러지니 뭘 어떻게 해야 할지 모르겠어요. 가지고 온 약도 거의 떨어져 가고 있어요. 이제 남은 건 해열제 몇 알이 전부예요.

아버지, 염치없다는 거 알아요.

하지만 지금 상황이 심각해요. 그러니 약과 식량 좀 보내주세요. 최대한 많으면 많을수록 좋아요. 제가 지금 믿을 건 아버지밖에 없어요.

* * * * *

존경하는 아버지께.

아버지가 보낸 편지 잘 받았어요.

죄송하지만, 아버지가 무슨 말을 하는지 하나도 이해가 안 가요.

제가 이 정글로 아버지와 어머니, 두 분께 오라고 했다고요? 낭만적이고 아름다운 곳이라고 말했다고요?

저는 아버지께 그런 편지를 쓴 기억이 없어요. 저는 분명 이 주전 편지를 보낼 때, 약과 식량을 최대한 많이 보내달라고만 했어요. 그리고 우리 쪽 의사가 풍토병에 걸려 사경을 헤매고 있다고 푸념했죠.

혹시 오해가 있을까 봐 다시 정리해 드리자면, 지금 우리 상태는 그때보다 절망적이에요.

다친 대원은 결국 상처가 썩어들어 가서 어쩔 수 없이 팔을 통째로 잘라내야 했죠. 소독약만 있었다면 이 정도로 가지 않았겠지만, 약이 진즉에 떨어져서 어쩔 수 없었어요.

거기다 가지고 있는 옷가지와 텐트도 얼마 없어요. 식량을 구하기 위해 원주민들에게 넘겨줘야 했거든요.

우리로서는 어쩔 수가 없었어요. 먹을 게 없었거든요.

처음에는 정글에서 어떻게든 먹을 걸 찾아내려고 했죠. 하지만 식물이든, 동물이든 독이 있어요. 조금만 먹어도 열이 나고 설사를 지독하게 해요. 그나마 우기라 빗물로 목을 축일 수 있어서 다행이라고 생각할 정도라니까요. 유일하게 해가 되지 않는 작물은 이 정글의 원주민들이 기르고 있어요.

하지만 그들은 절대 공짜로 작물을 내어주지 않아요. 우리가 가지고 있는 것과 교환해야 하죠. 쓴맛 나는 흙투성이 뿌리 몇 개를 주면서 이렇게 악착같이 뜯어가는 사람들은 아마 저들이 유일할 거예요.

아버지가 주신 금시계를 고작 이틀 치 식량과 맞바꿨어요. 아버지가 물려주신 우리 집 가보요.

화내셔도 어쩔 수 없어요. 저도 그러고 싶지 않았지만, 지금은 금붙이보다 우리 배를 채울 식량이 더 중요하니까요. 그래도 원주민들이 있어서 겨우 지금까지 버틸 수 있었으니 감지덕지하고 있는 중이에요.

제 추측이지만, 그들은 이 정글과 일종의 공존을 이룬 것 같아요. 앞서 이 정글에 있는 게 그 무엇이든 독이 있었다고 했죠? 하지만 원주민들은 예외였어요. 아마 대대로 여기서 살면서 자체적으로 강한 내성을 가지게 된 게 아닌가 싶어요.

문제는 우리에게는 그런 내성이 없다는 거예요. 앓아누운 의사를 시작으로 하나둘 풍토병에 걸리고 있는 중이거든요. 저 역시 얼마 전부터 계속 열이 나고 발진이 돋아요.

지금 당장은 그리 심하지 않지만, 가끔은 머리가 몽롱할 정도로 열이 올라와요. 그 상태가 되면 몸이 축 처져서 편지 쓸 힘도 나지 않아요. 이 편지도 중간에 쓰고 멈추고 다시 쓰기를 얼마나 반복했는지 몰라요.

형에 대한 단서는 아직 못 찾았어요. 형이 보내온 편지에 따르면 제법 오랜 기간 이 근방에 머물렀을 것 같은데, 그때 발견한 안경테 외에는 이렇다 할 흔적이 없네요. 그래도 내일부터 더 정글 깊은 곳으로 탐사할 예정이니 곧 좋은 소식이 들려올 거예요.

이 편지는 늘 그랬던 대로 강 하류에 있는 우편함에 둘 거예요. 벌목꾼들이 주기적으로 오가니까 아마 몇 주 후면 이 편지가 아버지에게 닿겠죠. 아버지, 이 편지를 보시면 식량과 약을 최대한 많이 보내주세요. 상황이 생각보다 심각해요.

＊ ＊ ＊ ＊ ＊

아버지께.

제 편지가 제때 아버지께 닿았다니 다행이네요.

그런데 왜 답장만 주시고, 제가 말씀드린 식량과 약은 안 보내주셨는지 모르겠어요.

무엇보다 편지에 쓰신 내용이 이해가 안 가요.

저는 지난 편지에 분명 형에 대한 증거를 찾지 못했다고 말했는데, 왜 아버지는 형에 대한 안부를 계속 물으시는 거죠? 곧 만날 것 같다고요? 제가 정말 그렇게 편지에 썼나요?

그동안 저는 풍토병이 심해져서 병상에서 꼼짝도 못 했어요. 몇몇 탐사 대원들은 영영 일어나지 못했어요.

우리 중에 제일 먼저 풍토병에 걸렸던 의사는 다행히 목숨은 건졌어요. 그런데 후유증 탓인지 완전히 미쳐버렸어요. 자신이 누구인지도 몰라요. 온종일 실실 웃으면서 정글 안을 들여다보고, 또 들여다보는 일만 반복해요. 알몸으로 정글 안으로 걸어 들어가려던 걸 몇 번이나 가까스로 말렸는지 몰라요. 참 헌신적이고 좋은 사람이었는데.

저도 상황이 이렇게 될 줄은 몰랐어요. 아버지 말을 들을 걸 그랬네요. 여기가 지상낙원 같다는 형의 편지를 철석같이 믿은 제가 바보였어요. 형이 그랬잖아요. 정글 한 가운데에 황금과 보석이 깔려 있는 낙원 같은 곳이라고 말이에요.

그래서 헐레벌떡 탐사대를 이끌고 왔는데, 여기는 지상낙원과 거리가 멀어요. 황금과 보석도 없죠. 그냥 밑도 끝도 없이 펼쳐진 암녹색 정글이 전부예요.

형에 대한 수색은 꾸준히 하고 있어요. 작은 증거라도 찾으려고 노력 중이죠. 마음 같아서는 제게 그런 말도 안 되는 편지를 보낸 형에게 따지고 싶어요. 하지만 대체 어디로 갔는지를 몰라서 그럴 수도 없네요. 원주민에게 물어봐도 가르쳐 주지 않아요. 부릅뜬 눈으로 정글 안을 바라보기만 할 뿐이죠.

어쩌면 형은 이런 저를 고생시키기 위해 그런 거짓말 가득한 편지를 보낸 걸까요? 사실 그랬다 해도 저는 이해가 가요. 아버지는 늘 허약한 형을 못 미더워했잖아요. 가보인 금시계를 제게 주셨을 정도니까요.

말은 하지 않았지만, 형은 그런 제가 알게 모르게 앙금이 있었겠죠. 그래서 그런 허황된 편지를 써서 여기로 꼬드겼을지도 모를 일이에요.

편지는 늘 그랬듯이 강 하류에 둘게요.

아버지, 이 이후에 편지가 늦어져도 이해해 주세요. 그리고 이번에는 제발 식량과 약 좀 보내주세요. 상황이 정말 심각해요.

* * * * *

아버지께.
지금 최대한 급하게 편지를 써요.
글씨가 조금 이상해도 이해해 주세요.
도대체 무슨 이야기를 하시는 거죠?
제가 행복해 보여서 다행이라고요? 제가 아버지를 여기에 초청하고 싶어 했다고요? 여기가 즐겁다고요?
저는 한 번도 아버지에게 그런 편지를 쓴 적이 없어요. 혹시 가보인 금시계를 멋대로 식량과 바꿔 먹은 것에 대해 화나셔서 그런 거예요? 설사 그런다고 해도 이런 말도 안 되는 거짓말로 저를 조롱하실 필요는 없잖아요.
일단 한 번 더 지금 상황을 요약해서 말씀드릴게요.
탐사대 사이에서 내분이 있었어요. 이제는 제발 떠나자고 하는 쪽과 혹시 모르니 정글 깊숙이 탐사해 보자는 쪽으로 의견이 갈렸죠.
그러다 결국은 정글 더 깊숙한 곳으로 가보기로 결정됐어요. 물론 저도 내키지는 않아요. 다만, 이 정도 희생을 치르고 맨손으로 돌아갈 엄두가 안 날 뿐이죠.

풍토병은 점점 심해지고 있어요. 그 이후로 넷이 죽어서 정글한 귀퉁이에 묻어줬죠. 식량도 없어요. 아마 이번 탐사가 마지막 탐사가 될 것 같네요.

정신을 놓았던 의사는 며칠 전에 완전히 사라졌어요. 자다가 일어나보니까 없어져 있더라고요. 몇 번인가 수색을 하긴 했지만, 시체도 찾을 수 없었어요. 과연 그가 어디로 갔는지는 아무도 몰라요.

형에 대한 단서는 아직도 발견하지 못했어요. 몇 번인가 편지가 온 걸 보면 분명 여기서 오래 머물렀던 것 같은데, 아무런 흔적이 없네요. 대체 안경만 두고 어디로 간 걸까요.

사실은 이제 그 편지를 정말 형이 보낸 것인지 의심이 들 정도예요. 어쩌면 누군가가 형의 필체를 대신해서 저를 꾀어낸 게 아닌가 하는 생각마저 들어요. 아무튼 그래도 편지 쓸 힘이 남아 있을 때 마지막으로 당부를 남겨요.

이 정글에 오지 마세요, 절대.

저는 분명 지난 편지에 이 정글에서 지내는 게 무척 힘들고 절망적이라고 말씀드렸어요. 하지만 아버지가 보내는 편지를 볼 때마다 당황스러워요. 왜 아버지는 매번 편지에 저는 모르는 이야기를 하신 걸까요?

혹시 편지가 보내는 와중에 누가 가로챈 것은 아닌가 싶었어요. 하지만 이 편지를 주기적으로 가져다주는 벌목꾼들도, 이 근처에 사는 원주민도 우리글을 몰라요. 편지를 중간에 바꿔 보내고 싶어도 그러지 못했겠죠.

무엇보다 아버지가 제 글씨체를 모를 리가 없잖아요. 그렇다면 그 편지가 중간에 바뀌었다는 이야기인데, 대체 누가 그런 짓을 했는지 모르겠어요.

지금 제 몸 상태는 최악이에요. 머리가 어지럽고, 요 며칠 전부터 목덜미 부분에서 발진까지 일어나고 있어요. 이 지역의 풍토병이 서서히 심해져 저를 삼키고 있는 게 느껴져요.

서서히 의식도 흔들리고 있어요. 아버지에게 편지를 쓰기 위해 가까스로 정신을 붙들고 있지만, 이게 얼마나 갈지 모르겠어요. 혹시 아버지에게 편지를 보내고 제가 그 사실을 기억 못 하게 될까 무서워요.

사실 왜 이렇게 됐는지 짚이는 게 없지 않아요. 예전에 아버지가 정글에 대한 책을 읽어주신 적 있죠? 저는 그중에 식충식물 부분을 특히 좋아했잖아요.

식충식물 중에는 달콤한 냄새로 벌레를 꾀는 종이 있다죠. 저는 보면 볼수록 이 정글이 그것과 닮았다는 생각이 들어요. 탐사대원들이 죽고 의사가 실종된 후로 이 정글은 이상하리만큼 더 짙게 푸르러졌거든요.

어쩐지 풀도 더 빽빽하게 자랐고, 나무도 두꺼워졌어요. 꼭 우리를 집어삼키고 더 성장한 것 같아요.

아버지, 편지를 쓰는 중간에도 저 멀리 어두컴컴한 정글이 보여요. 드리워진 수풀과 음영이 꼭 저를 집어삼키기 위해 쩍 벌린 짐승의 입을 연상시키네요.

본능적으로 느낄 수 있어요. 형은 분명 저것에 잡아먹힌 게 분명해요. 그리고 그 맛을 잊지 못한 정글이 수를 써서 여기까지 저를 꼬드겨 낸 거죠.

단순히 신경 쇠약일지 모르지만, 몸이 아프니까 별의별 생각이 다 드네요.

지금 밖에서 들리는 부스럭거리는 소리는 바람 소리일까요, 아니면 정글이 입맛을 다시는 소리일까요. 모르겠어요. 아무것도 구분이 안 돼요. 벌레가, 짐승이, 공기가, 흙이, 짐승이 우리가 어서 자신 안에 들어오기만을 기다리고 있는 것 같아요.

그럼 이만 편지를 줄일게요.

과연 내일 탐사 이후에 어떻게 될지 모르지만, 마지막 유언이라 생각하고 덧붙여요.

아버지가 주신 금시계, 멋대로 팔아먹어서 죄송해요.

정말 죄송해요.

* * * * *

아빠지.

17. JUNGLE

절때 오지 마.

다 소가써. 나는 그런 편지 쓴 적 업서.

제발 믿찌 마.

그건 굶주려 이써. 정글, 빽빽한 정글.

배곱파서 우리 다 머그려고 하는 거야.

형도 머켜쓸 거야. 나도 곧 머킬 거야.

며느리, 손녀 없써.

전부 가짜야.

믿찌 마. 믿찌 마. 아무것도 믿찌 마.

저때 오지 마. 저때 오면 안 대.

내가 쓴 편지들 다 거짓말.

나르 미치게 해서 쓰게 해써.

다 주거써. 나 빼고 모두 주거써. 정글이 머거써.

길게 모써.

보고 이써.

정글이 보고 이써.

지금까지 쭉 보고 이써.

다 머글려고. 더 크고 색다른 머기.

지금도 나를 부추겨. 머기를 가져오라고.

* * * * *

존경하고 보고 싶은 아버지께.

너무 오랜만에 편지를 드리네요.

혹시 제 편지가 오랫동안 뜸해서 서운하셨을지도 모르겠어요.

우선 좋은 소식부터 말씀드리자면, 형과 다시 만났어요.

제 형수가 되신 분과 갓 태어난 조카도요. 아버지와 눈동자 색이 똑 닮은 여자아이예요. 얼마나 똑똑하고 귀여운지 몰라요.

알고 보니 정글 원주민들은 우기와 건기에 따라 이주하며 생활하고 있었어요. 우기가 되면서 다른 곳으로 이주했을 뿐인데, 마침 저와 길이 엇갈려서 못 만났던 거죠. 형은 제가 올 거라고는 미처 생각하지 못했기에 간소한 편지 하나 남기지 않았다네요.

형은 걱정했던 것이 무색할 정도로 건강해요.

사실 오랜만에 형을 보고 깜짝 놀랐어요. 허약하고 말라깽이였던 형이 그사이에 구릿빛 피부를 가진 우람한 근육질이 되어 있었거든요. 정글에서 살다 보니 자연스럽게 이렇게 되었다면서 엄청 우쭐거렸어요.

형과 함께 있던 원주민들 역시 우리를 환대했어요. 다들 친절하고 좋은 사람들이에요. 그들은 무엇이든 우리와 나누고 싶어 해요. 도시 사람들처럼 조급하지도 않고, 욕심을 부리지도 않죠. 게다가 다들 똑똑해서 우리 언어도 쉽게 배웠어요.

아마 그건 정글이 워낙 풍요로워서 그런 것 같아요. 여기는 먹고 마실 것이 넘쳐나거든요. 그냥 조금만 걸어 들어가면 색색의 과

일이 주렁주렁 열려 있어요. 도시에서 맛보던 것과는 차원이 달라요. 그 맛에 반해서 며칠 동안 과일만 먹은 적도 있어요.

그러다 고기가 먹고 싶으면 근처 강이나 정글로 들어가 사냥을 하곤 해요. 처음에는 실패했지만, 형이 활 쏘는 법을 가르쳐 준 뒤로는 늘 승승장구 하고 있죠. 형이 활에 재능이 있다는 건 처음 알았어요. 그동안 단련하면서 자연스럽게 익혔다나요. 지금은 부족 최고의 사냥꾼으로 모두를 이끌고 있어요.

여기서 바쁠 일은 하나도 없어요. 낮에는 사냥이나 과일 채집을 하고, 근처 강이나 풀숲에서 한가롭게 시간을 보내죠. 그러다 밤이 오면 모닥불 앞에서 노래를 부르거나 이야기를 해요. 그러다 별이 빛나는 밤하늘을 보다가 스르륵 잠에 들죠.

그냥 언제라도 자고 싶으면 자고, 일어나고 싶으면 일어나면 돼요. 아버지는 근면이 세계 공통의 미덕이라고 했지만, 여기는 예외인 것 같아요. 덕분에 다들 얼굴에 여유가 넘쳐요.

황금과 보석이 지천에 깔렸다는 말도 거짓말이 아니었어요. 형이 안내해 준 계곡에 주먹만 한 황금 덩어리가 굴러다녔거든요. 하지만 여기에 있는 사람들은 그게 귀한 것인지 몰라요. 그들에게 귀한 것은 지금 배를 채울 과일과 여유니까요. 저는 그런 그들을 보면서 진정한 행복이 무엇인지 배웠어요.

아버지, 이쯤 되면 눈치채셨을 거라고 생각해요.

저는 여기가 좋아졌어요.

여기가 이제는 집같이 느껴져요.

저는 정글에 와서 진짜 행복이 무엇인지 알게 됐어요. 아버지는 늘 저희에게 성공하고 우러름을 받으려면 항상 바쁘게 움직여야 한다고 가르치셨잖아요, 저도 그게 행복이라고 생각했어요.

하지만 여기 와서 생각이 바뀌었어요. 노력하지 않고, 바쁘게 움직이지 않아도 정글이 주는 풍요에 감사함을 느끼게 됐죠. 분 단위로 움직이면서 초조해야 할 일도 없어요. 굴러다니는 황금에는 눈길조차 주지 않고 느긋하고 여유롭게 살아가죠.

그리고 여기서 사랑하는 여자도 만났어요.

정말 지혜롭고 아름다운 여자예요. 사실 그녀를 보고 한눈에 반했죠. 서로에게 각자의 말을 가르쳐 주면서 친해졌어요. 이제는 이 사람 없이 산다는 걸 상상조차 할 수 없을 정도예요.

무엇보다 그녀는 제 아이를 임신했어요.

부모님의 허락 없이 결혼하는 게 잘못된 일이라는 걸 알아요. 하지만 저는 그녀를 사랑해요. 평생 함께하고 싶어요. 형도 그런 제 결정을 응원해 줬고요. 가능하다면 제 아이는 조카처럼 딸이었으면 좋겠어요. 보고 있자면 정말 애교가 넘치거든요. 물론 아버지를 닮은 아들이어도 괜찮지만요.

아버지, 저는 정글에서 진정한 행복과 새로운 가족을 찾았어요.

앞으로 남은 삶을 여기서 전부 보낼 거예요. 아버지가 아무리 화를 내고 나무라셔도 상관없어요. 같이 온 탐사 대원도 대부분 여기에 정착하기로 마음먹었거든요.

그래도 아버지와 어머니에게는 조카와 곧 태어날 아이를 꼭 소개시켜 드리고 싶어요. 아마 며느리도 마음에 쏙 드실 거예요. 형수님과 제 아내 둘 다 착하고 친절하거든요.

그러니 꼭 정글에 와주세요.

다 같이 함께 기다릴게요. 여긴 정말 낙원 같은 곳이에요.

괜찮다면 가까운 친척들도 함께 오세요. 이왕이면 떠들썩한 게 좋으니까요.

모두 정글에서 만날 순간을 기다리고 있을게요.

18.
JEHOVAH :

어떤
예술가의
푸념

제기랄, 또 실패했다.

어쩌면 나는 창작자로서 재능이 없는 것일지도 모르겠다.

이게 몇 번째 실패인지 솔직히 가늠조차 하기 힘들다. 숫자에 연연하지 않기로 나 자신과 약속했지만, 실패의 횟수가 늘어났다는 사실 자체는 썩 달갑지 않다.

이제는 슬슬 이렇게 시도를 해보는 게 과연 무슨 의미가 있나 싶을 정도다.

내가 처음부터 이런 것은 아니다. 초기에는 최대한 긍정적으로 생각하고자 했다. 실패했다면, 그 실패한 내용을 바탕으로 성공으로 향하는 길을 찾으면 된다. 이 한마디를 곱씹으며 나 자신을 몇 번이나 다독였다. 모든 일이 그렇겠지만, 도전하고자 하는 그 마음가짐이 중요한 것 아니겠는가.

물론 내가 창작자로서 활동하는 것은 순전히 나의 의지다. 전에 없던 새로운 것을 구상할 때의 즐거움과 그것을 빚어낼 때의 두근거림이 좋아 이 일을 시작했다.

하지만 무슨 이유 때문인지 내 창작물은 번번이 제대로 완성되지 못했다. 처음에는 나름 잘 잡혀가다가도 시간이 흐르면 예상 밖의 방향으로 뻗어가 차마 눈 뜨고 볼 수 없는 졸작이 되기 일쑤였다.

으깨지고 망가진 창작물을 바라보는 것은 굉장히 힘든 일이다. 창작자는 우선 자신의 창작물을 이해하고 사랑하는 법부터 배우라고 하는데, 나는 솔직히 망가져 버린 수많은 나의 졸작들에게 그런 마음을 품고 싶지도 않았다. 그냥 그런 게 존재한다는 것 자체만으로도 창작자인 내 가치가 말없이 깎여나간 기분이 들었다.

다음에는 괜찮을 것이라고 헛된 희망을 품은 지도 까마득한 시간이 흘렀다.

솔직히 할 수 있는 일은 다 해봤다.

창작물을 구성하는 시간이나, 구성 요소의 배치나, 완성까지 기다리는 시간까지 정말 별의별 변화를 다 줘봤다. 그런데도 막상 정신을 차리고 보면 내 창작물은 항상 흉측하게 망가져 있었다.

이제는 슬슬 지치기 시작했다.

무언가를 창작하는 건 참 즐거운 일이지만, 계속되는 실패가 자꾸 내 마음을 꺾는다.

아무리 새로운 것을 만들려고 해도 실패만 할 것이라는 불안감이 사무치도록 든다. 창작자로서 이만한 시련은 아마 없을 것이다.

나는 큰 걸 바라지 않는다. 그냥 내가 처음의 구상대로 이상적인 창작물이 완성되면 족하다.

자신이 꿈꾸는 이상을 완성하는 것.

맹세컨대, 창작자로서 내가 바라는 것은 오직 이뿐이다. 그걸 보면서 나는 그냥 내 가치를 다시 확인받고 싶다. 그런데 어째서 나는 계속 실패만 하는 걸까.

솔직히 가끔은 모든 것을 때려치우고 멍하니 쉬고만 싶다는 생각을 할 때도 있다. 굳이 나 자신을 학대하면서 창작에 몰두해야 할 이유는 없지 않은가.

그런데 막상 가만히 있다 보면 당장 움직여서 무언가를 만들지 않으면 안 된다는 압박감이 내 등을 떠민다.

어쩌면 이번에는 성공할지 모른다는 일말의 희망도 나를 괴롭힌다.

재능도 없고, 허구한 날 실패작만 만드는 내게 이것만큼 고통스러운 형벌은 없다. 과연 이 굴레를 언제까지 이어가야 할까.

어찌 됐든 나는 오늘도 완벽한 걸작을 꿈꾸며 새로운 창작을 이어가기 위한 외침을 내뱉는다.

빛아, 있으라.

19.
JANOPAUSE :

주정뱅이의
허황된
약속

당신 때문에 내가 못 살아!

내가 이번 여행을 얼마나 기대했는지, 알기나 해?

으흐흐흑. 나같이 불쌍한 여자도 없을 거야. 결혼한 남자가 하필 술주정뱅이에 게으름뱅이라니.

이제 술 끊는다는 말 좀 하지 마! 당신의 말도 안 되는 변명은 지긋지긋해!

내가 그 말을 당신과 결혼한 뒤로 매년 들었어. 하지만 그 결심이 한 달 이상 간 적 있어?

솔직히 말해봐, 당신은 나보다 술을 더 사랑하는 거 아냐?

내가 뭐라고 했어? 아침 일찍 나갈 거니까 미리 준비해 놓으라고 말했지? 제시간에 항구에 도착하려면, 적어도 아침 8시에 출발하는 기차를 타야 한단 말이야!

그런데 그걸 들었으면서 보란 듯이 술을 먹고 새벽에 기어들어 와? 생각이 있긴 해? 당신이 술에 취해 해롱거리는 바람에 기차를 보기 좋게 놓쳤잖아.

그래, 생각해 보니까 당신은 항상 그랬어. 막 연애를 시작했을 때, 기억나? 내 생일에 근사한 레스토랑에 데려다주겠다고 해놓고 는 친구들이랑 시시껄렁한 낚시를 하느라 나랑 한 약속을 까맣게 잊어버렸었지. 나는 그것도 모르고 모기에 물어뜯기면서 당신을 세 시간 동안 기다렸어. 당신은 끝내 오지 않았지만!

나는 말이야, 그때 자기에게 혹시 끔찍한 사고가 일어난 게 아닌지 걱정했었어. 다음 날 당신이 실실 웃으면서 허울뿐인 사과를 했을 때도, 화가 난다기보다는 당신에게 아무 일 없다는 사실에 안도했었다는 말이야. 어휴, 차라리 그때 당신을 뻥 차버렸어야 했는데, 내가 미쳤지!

또 뭐가 있더라? 맞아, 우리 부모님과 저녁 식사를 약속한 날에도 당신은 그 망할 놈의 친구랑 노느라 약속 시간에 늦었지.

그 전날, 당신은 우리 부모님을 뵙고 정식으로 결혼 승낙을 받고 싶다고 말했잖아. 나는 그 말을 듣고 온종일 들떠서 잠도 제대로 못 잤어. 괜히 어머니를 다그쳐서 귀하고 비싼 음식을 차리라고 했지.

그런데 당신은 자정이 되어서야 고주망태가 되어 나타났어. 우리는 그때 당신을 기다리면서 밤늦게까지 쫄쫄 굶고 있었어. 그래, 음식이 식은 건 상관없었어. 진짜 문제는 당신을 향한 부모님의 기대감도 같이 식었다는 거야!

차라리 그때라도 어머니가 하신 말을 들었어야 했어. 어머니는 놀기 좋아하는 남자, 술 좋아하는 남자, 친구 좋아하는 남자는 멀리하라고 귀가 닳도록 말씀하셨거든. 이런 남자는 바깥에서 헛짓거리하느라 바빠서 가족을 등한시하니까 말이야. 아버지도 굳은 얼굴로 당신은 남편감으로 아니라고 하셨지.

왜 나는 두 분 말을 듣지 않았을까? 가능하다면 그 시절의 나를 한 대 때려주고 싶어. 대체 그 시절 나는 뭐가 좋다고 당신에게 매달렸을까? 그놈의 콩깍지가 뭔지!

당신은 결혼식 날에도 그랬어. 여자가 결혼식을 준비하는 과정이 얼마나 힘든지 알아? 일찍 일어나서 밥도 못 먹고 머리 장식에, 화장에 정신이 하나도 없어. 거기다 드레스는 또 얼마나 불편하던지!

그래, 아무리 불편해도 난 참을 수 있었어. 결혼식이잖아! 인생에 한 번뿐인 날! 당신과 부부가 되는 날이니까 까짓거 얼마든지 참을 수 있었단 말이야. 그런데 당신은 그날 뭘 했지? 그 전날까지 친구들이랑 술 퍼먹느라 제시간이 돼도 나타나질 않았잖아!

그때 내가 얼마나 당황했는지 알아? 하객들은 무슨 일이냐고 웅성거리지, 주례를 서기 위해 모셔 온 신부님은 짜증을 내지, 들러리 해주는 친구는 혹시 당신이 나랑 결혼하기 싫어 도망친 건 아니냐고 괜히 이상한 소리나 해대지, 솔직히 미치기 일보 직전이었어!

 당신은 그렇게 몇 시간 후에 술에 취해 얼굴이 벌게진 채로 결혼식장에 나타났지. 그리고 뭐라고 했더라? 머리가 아프니까 빨리 끝내라고 했었지? 그것도 신부님 면전에서! 하! 아직도 기가 막혀. 어떻게 새신랑이 자기 주례를 서기 위해 온 신부님에게 그런 말을 할 수 있어?

 그뿐이야? 결국 취기 때문에 휘청거리다가 내 웨딩드레스에 토까지 했잖아. 나는 부케를 든 채로 당신 등이나 두들겨 줘야 했지. 그것도 내 결혼을 축복하기 위해 몰려든 하객들 앞에서 말이야!

 그거 알아? 난 아직도 그때 꿈을 꿔. 얼마나 충격이었으면 그랬겠어? 남편이 되어서 아내에게 좋은 추억은 주지 못할망정, 악몽을 꾸게 한다는 게 말이나 돼?

 그래도 나는 자식을 가지면 당신이 달라질 거라고 믿었어. 자식이 생기면, 남자들은 가정적으로 바뀌곤 하잖아. 하지만 당신은 이런 내 기대를 무참히 저버렸지. 내가 첫째를 임신해서 입덧 때문에 한창 힘들 때, 당신이 뭐라고 했었지? 헛구역질 소리를 들으면 입맛 떨어지니까 나가서 하라고 했던가?

 어쩌면 사람이 그래? 내가 누구 애를 임신했는데? 옆집 아저씨는 마누라가 임신한 뒤로는 집안일을 하나도 안 시키고, 매일 꽃이랑 간식을 가져다 바친다더라. 나는 솔직히 그 정도는 바라지도 않아. 그래도 힘들어하는 아내에게 그런 말은 하면 안 됐지!

그뿐이야? 우리 둘째가 아팠을 때, 내가 애가 아프니까 술집은 가지 말라고 그랬잖아. 그런데 당신은 애를 병원에 데려간다고 손 잡고 나가서 당신은 망할 술집으로 향했지. 그리고 열이 나서 땀을 뻘뻘 흘리는 애를 곁에 두고 새벽 늦게까지 술을 마셨잖아. 나는 그때 진심으로 당신이라는 남자가 혐오스러웠어. 술을 좋아하는 건 이해해. 하지만 아버지로서 아픈 애를 곁에 두고 어떻게 그럴 수 있지?

웃긴 건 뭔지 알아? 그래도 나는 당신을 향한 믿음을 저버리지 않았다는 거야. 내일은 바뀌겠지, 애들이 크면 변하겠지, 내가 믿고 기다려 주면 분명 멋진 모습을 보여주겠지, 하면서 이날 이때까지 기다려 왔어.

그런데 뭐야? 믿음의 대가가 고작 이거야? 어흐흐흐흑. 당신과 결혼 생활을 하면서 깨달은 건, 당신은 절대 바뀌지 않을 거란 사실뿐이야.

이번에는 꼭 술을 끊겠다고?

내가 그 말을 매년 듣고 있는데, 그 말을 믿을 것 같아!

당신은 그저 내가 화를 낼 때마다 그 순간을 모면하려고 마음에도 없는 약속을 하곤 하잖아. 이번에도 그렇겠지! 10년이 됐든, 20년이 됐든 당신은 그저 술 마시느라 아내를 실망시키는 것밖에 할 줄 모르는 남자인데 어디서 말도 안 되는 거짓말을 해?

이번 여행도 그래.

당신도 알겠지만, 나는 여행을 좋아하잖아.

하지만 당신이랑 결혼하고 애들을 낳고 살다 보니 여행다운 여행을 즐길 참이 없었지. 그러다 호화 여객선 이야기를 듣고 큰마음 먹고 여행을 계획했어. 하지만 결국은 그놈의 술이 모든 걸 망쳤지.

그거 알아? 난 어제까지만 해도 세상에서 제일 행복한 여자였어. 호화 여객선에 탈 수 있단 사실에 들떠서 콧노래가 절로 나올 정도였다고! 오늘을 위해서 갑판에서 입을 드레스도 새로 샀어. 이웃들에게 호화 여객선 여행도 다녀온다고 실컷 자랑도 했지!

그런데 당신이 다 망쳤어. 망쳤다고! 이 멍청하고, 게으르고, 술밖에 모르는 주정뱅이야!

어흐흐흐흐흑. 당신이랑 결혼한 건 내 인생 최대의 불행이야.

타이타닉호에 꼭 타보고 싶었는데!

아마 앞으로 그런 호화 여객선에 탈 기회는 영영 오지 않겠지. 비싼 돈을 주고 산 타이타닉호 탑승 티켓도 이젠 휴지 조각이나 다름없어!

이제 곧 타이타닉호는 출발할 거야. 아마 거기에 탄 사람들은 잊지 못할 순간을 보내겠지. 나와 당신은 절대 누리지 못하겠지만! 어흐흐흐흑!

20.
JESTER :

광대와
추측

혹시 요 앞에 있는 햄버거 가게 알아?

맞아, 삼거리 모퉁이에 있는 햄버거 가게 말이야.

딱히 맛이 대단하지 않지만, 가격이 싸서 학생들이 많이 가지.

무엇보다 그 가게, 길거리 앞에 세워 두는 광대 모양 캐릭터로 유명하잖아. 요란한 복장을 하고, 얼굴에 알록달록한 분장을 한 그 광대 말이야.

나, 솔직히 말해서 그 광대를 썩 좋아하지 않아.

어딘가 기괴하잖아.

혹시 그 광대 캐릭터 자세히 본 적 있어?

한번 웃어볼래? 사람은 진심으로 웃으면 입과 눈이 함께 움직여. 하지만 햄버거 가게 광대는 그렇지 않지. 입은 분명 웃고 있지만, 눈을 동그랗게 뜨고 정면을 바라보고 있지.

광대가 짓고 있는 건 가짜 웃음이야.

눈앞의 존재에게 억지로 웃음을 내보여야 할 때나 짓는 그런 가짜 웃음이지. 어떤 의미로는 광대에게 정말 잘 어울리는 웃음이지만 말이야.

중세 시대만 해도 광대는 정말 열악한 직업이었어. 영주나 왕이 무료해지면, 익살과 재담으로 어떻게든 웃겨야 했지. 주로 광대들은 남을 따라 하거나, 고상한 사람들을 풍자하면서 지냈는데, 행여나 던진 농담이 권력자의 심기를 거스르면 그 자리에서 목이 뎅겅 잘려 나갔어.

거기다 종종 적을 도발하기 위해 광대를 보내는 경우도 있었다고 해. 광대의 재치로 적을 면전에서 약을 올리거나, 도발하는 거지.

그러다 적이 화가 나면 어떻게 하냐고?

뭐긴 뭐야, 그 자리에서 죽는 거지.

물론 광대라고 죽고 싶었겠어? 시키니까 어쩔 수 없으니 그냥 하는 거지. 그래서 광대들은 시시때때로 남의 눈치를 봐야 했어. 자신의 익살이 남의 신경을 거슬리게 하면 안 되니까. 그래서 아무리 크게 웃는 중이라 할지라도 눈은 크게 뜨고 항상 주위를 살피곤 했다지.

잡설이 길었네. 그러니까 내가 하고 싶은 말의 요지는 이거야. 저 광대 캐릭터는 계속 눈치를 보고 있어. 그게 뭔지는 몰라.

다만 짚이는 게 없는 건 아니야.

혹시 가게 안을 자세히 본 적 있어? 그 광대 캐릭터가 곳곳에 그려져 있잖아. 벽이든, 접시든, 기념품 인형이든 말이야. 알록달록한 옷을 입고, 햄버거를 들고, 방문객을 보면서 환히 웃고 있지.

그런데 그 광대, 햄버거를 먹고 있는 모습은 어디에도 없어.

그냥 들고만 있을 뿐이지.

이상하잖아. 왜 먹는 장면은 없지? 명색이 햄버거 가게 마스코트인데?

그러다가 저 광대가 짓고 있는 억지웃음이 묘하게 신경 쓰이더라고, 거기까지 생각이 뻗자 자연스럽게 해답이 떠올랐지.

저 광대는, 햄버거를 무엇으로 만드는지 '알고' 있는 거야.

그래서 차마 먹지는 못하고 든 채로 웃고 있을 뿐인 거지.

행여 목이 잘려 나갈까 봐 눈치를 실실 보면서 말이야.

어때? 나름 그럴듯한 이야기지?

21. JETTIES :

차가운 곳에서
열리는
결혼식

정신이 드나?

대체 술을 얼마나 많이 마신 건가.

그러지 말고 정신 좀 차리게. 바닷바람 좀 쐬면 술이 깰 거야.

뭘 그렇게 놀라. 누가 보면 자네를 잡아먹으려고 하는 줄 알겠어.

하하하, 장인어른이라고?

아직도 그렇게 불러주니 고맙네. 역시 내 딸이 선택한 남자다워. 예의가 바르고, 사려 깊지.

옷이 불편하지는 않나? 자네 수치를 몰라서 대강 준비해 봤거든. 혹시 불편하더라도 조금만 참게. 어차피 결혼식은 금방 끝나니까.

이렇게 있으니 처음 만났을 때가 떠오르는군.

자네는 그때도 지금처럼 벌벌 떨고 있었지. 그런 와중에도 흔들림 없는 목소리로 내 딸아이와 결혼하고 싶다고 그랬잖아.

솔직히 말하자면, 나는 자네가 첫눈에 마음에 들었어.

어딘가 믿음직한 얼굴이었거든. 든든한 아들이 생긴 기분이었지. 그래서 그날에 흔쾌히 결혼 수락을 한 거야. 자네라면 나처럼, 아니, 나보다 더 딸을 행복하게 해줄 수 있을 것이라 믿었지.

자네도 알겠지만, 딸은 내 모든 것이었어.

자부심, 기쁨, 인생……그 모든 것이었지.

집사람이 먼저 떠난 후로 내 모든 것을 걸고 딸을 키워왔어. 엄마 없는 티가 나지 않도록 먹는 것 하나, 입는 것 하나 세심하게 신경 썼지.

딸아이는 착하게도 아무 탈 없이 잘 자라줬어. 집안일도, 공부도 항상 완벽했지. 딸이 전액 장학금을 받고 대학에 입학했을 때가 아직도 생생해. 기뻐서 운다는 게 뭔지 그때 처음 알았거든.

그런 와중에도 내 딸은 대학생 때 착실하게 아르바이트와 공부를 해 수석으로 학교를 졸업했지. 취업도 순식간에 해냈어. 내 딸이지만 정말 대단한 아이였지.

나는 정말 행복했네.

먼저 간 아내 사진을 붙잡고 내가 저렇게 딸을 훌륭히 키웠다고, 우리 딸이 저렇게 성공했다고 매일 말을 거는 게 낙이었어.

그러다 딸이 자네를 소개시켜 주고 싶다고 했지.

그 말을 듣고 얼마나 충격을 받았는지 몰라.

물론 우리 딸도 이제 성인이니 누군가와 연애도 할 수 있고, 사랑에 빠질 수도 있지. 하지만 아버지 마음은 그게 또 아니잖아.

어린아이 같은 우리 딸이 엄한 놈에게 코 꿰인 건 아닌지 걱정돼서 잠도 못 잤어. 만약 내가 결혼을 반대했다가 딸아이가 마음 상해서 가출이라도 하면 어쩌나, 하고 터무니없는 망상까지 했지.

하지만 지금 생각해 보면 말도 안 되는 걱정이었어. 자네는 딸이 사랑한 남자답게 흠잡을 데 없는 사윗감이었거든. 자네가 넙죽 절을 하면서 그랬잖아. 어떤 순간에도 딸과 떨어지지 않고 평생 곁에 있어 주겠다고 말이야.

그 말을 듣고 주책맞게 눈물이 나왔네. 사실 아무한테도 말 못 했지만, 아내가 떠난 뒤로 홀로 사는 게 여간 힘든 일이 아니었거든. 늙을수록 외로움은 커지고, 먼저 간 사람의 빈자리는 불쑥불쑥 옆구리를 후벼 파지.

그렇기 때문에 나는 아무것도 바라지 않았어.

정말이야.

평생 곁에 있어 주겠다는 그 약속만큼은 자네가 끝까지 지켜주길 바랐지.

무엇보다 자네가 곁에 있을 때 딸이 정말 행복해 보였거든. 그건 아버지인 내가 줄 수 없는 기쁨이었어. 그걸 보니 순식간에 깨달았네.

이제 내가 아버지로서 할 수 있는 일은 다 했구나, 라고 말이야.

슬펐지만 한편으로는 후련했지.

아마 모든 부모라면, 다들 나와 똑같은 기분일 거야.

결혼이 결정된 뒤로 딸아이는 누구보다 행복해 보였어. 자네도 알지만, 결혼식에 보통 품이 들어가는 게 아니잖아. 하지만 딸아이는 지친 기색 없이 결혼식장을 알아보고, 신혼집을 살피고, 가구 매장을 구경 다녔지.

그냥 자네와 함께 결혼을 준비하는 과정만으로도 행복해 보였어. 옆에서 지켜보면서 얼마나 흐뭇했는지 모르네.

그러다 웨딩사진을 찍기 위해 자네와 함께 여기 방파제로 왔지. 맞아, 색다른 사진을 찍고 싶다면서 자네가 데리고 왔다면서.

듣자 하니, 여기가 숨겨진 명소라지?

이해가 가. 인적도 드물고 풍경도 멋있어. 방파제에 부딪히는 파도도 아름답지. 정말 멋진 사진이 나올 거야.

내 딸은 웨딩드레스를 입고 자네와 함께 여기에 왔지. 그 누구에게도 방해받고 싶지 않다면서 오직 단둘이 말이야. 즐거웠나? 즐거웠겠지. 신혼의 단꿈은 누구에게나 달콤하니까.

만약 내 딸이 방파제에 발이 끼는 사고만 없었으면, 그 꿈이 계속 이어졌을 텐데.

참 비극적인 사고였어.

그저 멋진 사진을 찍고 싶어 방파제 아래로 내려갔을 뿐인데, 설마 그 작은 틈에 딸의 발이 끼일 줄이야.

알아, 이게 누구 잘못도 아니라는 거.

자네가 구급대원들을 부르고, 딸아이를 구하기 위해 온갖 고생을 했던 것도 알고 있지. 하지만 워낙 외진 곳이라 구급대원들도 쉽게 찾아오지 못했어. 답답했던 자네가 그들을 데려오기 위해 자리를 비웠던 것도 이해해.

하필 그 시점이 밀물 때였지만 말이야.

그렇게 내 딸은 여기서 죽었어.

방파제에 발이 끼인 채 하염없이 자네를 기다리다가.

으흐흐흑. 얼마나 춥고 무서웠을까. 아무도 없이 혼자서…… 서서히 밀려오는 바닷물을 보면서…… 자네가 오기를 기다리면서…… 나를 찾고, 또 자네를 찾으면서 죽었다니…… 으흐흐흑. 불쌍한 우리 딸.

미안, 미안.

오늘은 기쁜 날인데 자꾸 딸 생각만 하면 눈물이 나네.

원래 나이가 들면 눈물이 많아져. 이해해 주게나.

구급대원도 그러지 않았나. 멋모르고 방파제에 내려갔다가 그 틈에 끼어서 익사하는 경우가 종종 일어난다고 말이야.

하지만 내게는 그저 종종 일어날 수 있는 사고 같은 게 아니었지.

내 인생을 전부…… 아니, 내 인생보다 몇 배나 귀한 내 딸이 죽었다니.

그 소식을 듣고 어떻게 여기까지 왔는지 기억도 안 나. 자네는 여기서 울고 있었고, 딸아이는 바닷물에 푹 젖은 채 숨이 멎어 있었지. 하늘거리는 웨딩드레스는 죄다 찢겨 나간 상태였어. 얼마나 발버둥을 쳤는지 발목에는 하얀 뼈가 다 드러나 있더군.

내 딸, 내 딸…… 이제 행복해야 할 일만 남았는데.

어째서 세상은 이렇게 나한테 잔인한 걸까.

차라리 내가 죽었다면 팔자려니 하고 받아들였을 거야. 나는 살 만큼 살았고, 삶의 미련도 없었으니까.

하지만 내 딸은 아니잖아.

지금까지 고생만 하다가 행복한 일만 남았는데, 왜 죽은 거지?

그렇게 내 손으로 딸을 떠나보낸 뒤, 사는 게 사는 게 아니었어. 언제라도 딸이 돌아올 것 같아 유품 하나 정리하지 못했지. 혹시 내일 눈을 뜨면 딸이 집에 돌아와 있지 않을까 하는 말도 안 되는 상상을 하면서 하루하루를 보냈지.

죽느니만 못한 삶이었어.

그래서 그냥 죽으려고 했지.

딸이 죽은 이 방파제에서 말이야.

무서울 것도, 잃을 것도 없었어. 그냥 그 아이가 갔던 대로 나도 떠나고 싶었지. 그래서 바로 여기서 몸을 던졌어.

그런데 내가 누굴 만났는지 아나?

내 딸, 사랑스러운 내 딸을 만났어!

물속에 몸을 던진 직후, 무언가 하늘거리는 게 눈길을 사로잡더군. 처음에 그게 해파리가 아닌가 싶었어. 하지만 자세히 보니 그건 웨딩드레스였어. 맞아, 내 딸이 마지막까지 입고 있던 웨딩드레스 말이야!

딸은 방파제 사이 좁은 틈에 서 있었어. 입고 있던 웨딩드레스는 오가는 파도를 따라 팔랑거렸지. 손에는 꽃을 엮어 만든 부케까지 쥐고 있었어. 그 모습은 어느 신부보다 아름다웠지.

딸은 그 상태에서 천천히 고개를 들어 나를 바라봤어.

무어라 입을 달싹이더군, 하지만 물속이라서 그런지 잘 들리지는 않더군. 하지만 딸아이의 표정은 외로우면서도 슬퍼 보였지. 꼭 간절하게 무언가를 애원하는 것 같았어.

그게 무엇인지 나는 바로 알아챘지.

신랑, 아름다운 신부의 곁을 지킬 든든한 신랑이 없다는걸!

이것을 깨닫자마자 나는 온갖 힘을 써서 다시 바다를 빠져나왔네. 이대로 허망하게 죽을 수는 없었어.

우리 딸에게 어울리는 신랑을 데리고 와야 한다는 의무감이 몸을 움직였지. 비록 평생 아무것도 해준 것 없는 무능한 아버지였어도, 딸을 차디찬 바다에 혼자 둘 수는 없었어. 그게 내가 아버지로 해야 할 마지막 과제였으니까.

그래서 자네를 다시 찾았어.

한데, 이게 무슨 꼴인가?

딸이 떠난 지 얼마나 됐다고 다른 여자와 결혼을 하려 하다니.

내 딸이 얼마나 자네를 좋아했는데. 평생 곁을 지키겠다고 나랑 약속까지 하지 않았나.

그리고 총각 파티? 결혼을 앞두고 마지막으로 혼자임을 즐긴다고?

얼마나 어이가 없던지.

우리 딸은 이제 방파제 아래에 영영 혼자 있는데, 자네는 술을 마시면서 놀다니. 내가 사람을 잘못 본 게 아닌가, 싶었을 정도라니까.

왜? 이제야 후회가 되나?

술 좀 적당히 마시지 그랬나. 얼마나 마셨으면 여기까지 오는 동안 곯아떨어져 있더군. 덕분에 결혼식 준비는 한결 수월해졌지만.

괜찮아. 우리 딸은 나와 달리 마음이 넓어.

새신랑이 추태를 보여도 이해해 줄 거야. 비록 앞으로 바가지 좀 긁히겠지만, 그게 또 결혼 생활의 묘미 아니겠는가.

발버둥 쳐도 상관없어. 이 쇠사슬 보이지? 지금 자네와 나는 같은 쇠사슬에 묶여 있어. 서로 교차해서 묶어놨기 때문에 내가 풀지 않으면, 자네도 풀려나지 못해.

무엇보다 쇠사슬의 끝을 무거운 철구와 연결해 놨지. 견인차까지 불러서 옮겨놓았어. 500kg이나 되기 때문에 자네의 힘으로는 어쩌지 못할 거야.

이해해 주게. 아버지로서 딸을 도저히 혼자 둘 수 없었어.

그래서 간소하게나마 여기서 결혼식을 치를 계획을 짰지.

비록 하객도 주례도 없지만, 요즘에는 간소하게 결혼식을 하는 게 유행이라면서? 나쁘지 않다고 생각하네. 솔직히 결혼식이라는 거, 허례허식이거든.

그냥 서로 사랑하는 남녀만 있으면 되지. 안 그런가?

자네와 딸.

이렇게 둘만 있으면 돼.

평생 곁에 있어 주겠다고 하지 않았나.

약속은 지켜야지, 안 그런가?

나?

이 사람도 참. 아무리 결혼식이 간소화되었다고 해도 신부의 손을 잡고 입장할 아버지는 있어야지.

이제 서서히 바닷물이 밀려오는군.

밀물 때를 딱 맞춰 준비했거든.

고함 질러봤자 소용없어. 자네도 여기가 얼마나 외진 곳인지 잘 알고 있지 않나.

무섭고 혼란스러운 건 이해해. 결혼이라는 게 다 그렇지. 나도 막 결혼식장에 들어갔을 때, 얼마나 떨렸는지 몰라.

그래도 신랑으로서 신부를 두고 떠나는 건 있을 수 없는 일이야.

내 딸이 차가운 바닷속에서 얼마나 오래 자네를 기다렸는데.

걱정 말게.

생각보다 짧게 끝날 테니.
이제 바닷물이 서서히 목까지 차오르는군.
좋아, 그럼 시작해 볼까?
신랑 입장!

22.
JAB :

어느 나라의
독특한
사형법

이민 심사를 성공적으로 통과하신 걸 축하드립니다.

각자의 이유로 고향 땅을 떠나 우리나라에 오신 여러분의 앞날에 밝은 미래가 있길 바라며, 제276회 이민 심사 통과자 연수를 시작하겠습니다.

연수를 시작하기 전에 한 가지를 명확히 짚고 가려고 합니다.

이민을 꿈꾸시는 분이라면 당연히 아시겠지만, 나라마다 생활 방식은 차이를 보입니다.

크게는 역사적 인식부터 작게는 쓰레기 분리수거 방침까지 모두 다르죠. 이건 이민을 계획하셨을 때부터 어느 정도 고려하셨으리라 생각합니다.

우리나라에는 국민의 3대 의무가 있습니다.

교육의 의무, 납세의 의무, 그리고 심판의 의무입니다. 교육의 의무와 납세의 의무는 굳이 설명해 드리지 않아도 되겠죠. 여기 계신 모든 분들은 이민 심사를 훌륭하게 통과하신 분들이니까요.

우리나라에서 가장 중요하게 생각하는 것이 바로 '심판의 의무'입니다. 어떤 나라든 질서와 정의가 필요하죠. 이를 지키기 위해서는 공정한 법 제정과 모두가 납득할 만한 법적 처벌이 있어야 합니다.

하지만 역사적으로 법적 처벌에 대한 논의는 꾸준히 이뤄져 왔습니다. 우선 우리나라 같은 경우 인권 의식이 발달하면서, 몸에 직접적인 처벌을 가하는 형벌은 사라졌습니다. 대신 노역형이나 징역형, 벌금형으로 처벌이 대체되었죠. 하지만 한 가지 문제점이 있었습니다.

네, 맞습니다. 바로 사형제도입니다.

혹시 여기에서 사형제도를 반대하시는 분이 있을까 싶어 말씀드리지만, 여기서 연수를 진행하는 저 역시 이 제도의 존속을 썩 반기지는 않습니다. 하지만 슬프게도 사형을 시킬만한 범죄자는 잊을라치면 등장하죠.

혹시 뉴스 보셨나요?

얼마 전 어린아이들을 납치해 성폭행과 살인을 저지른 살인마에게 사형이 내려졌죠. 저도 뉴스를 보면서 제 귀를 의심했습니다. 어떻게 사람이 그렇게 끔찍한 짓을 저지를 수 있을까요? 뉴스에 보도되는 살인마의 범죄 행각을 들으면서 차라리 저 모든 게 거짓말이었으면 했을 정도랍니다.

그 살인마는 법정에서도 반성의 기색을 보이지 않더군요. 더 많은 아이를 죽이지 못한 게 한이라며 날뛰었을 때는 저도 모르게 욕이 튀어나왔습니다. 그런 사람에게 사형이 내려진 건 어쩌면 당연하겠죠. 심신 미약으로 인한 감형 같은 건 우리나라 법정에는 없으니까요.

아무튼 여기서 중요한 건 사형이 선고되었다는 겁니다. 이건 곧 사형 집행이 뒤따른다는 것을 의미하죠.

아시는 분들은 아시겠지만, 사형 집행은 몹시 어려운 일입니다. 과거에는 정부에서 고용한 정식 사형 집행자들이 있었죠. 하지만 아무도 그 자리에 지원하지 않으면서 결국 역사 속으로 사라지고 말았답니다.

흉악한 범죄자를 사형시키는 게 그렇게 어려운 일인가 싶을 수 있습니다. 하지만 아무리 악독한 범죄자라고 해도 어찌 됐든 사람입니다.

자신과 똑같이 말하고 숨 쉬는 존재를 죽이는 건 여러모로 부담이 되는 일이죠. 우리나라의 공식적인 마지막 사형 집행자도 연거푸 집행한 뒤에 그 충격을 이기지 못하고 결국 미쳐서 자살하고 말았답니다.

이후 우리나라에서는 사형 집행자를 대신하기 위해 온갖 도구들이 고안되었죠. 단두대, 올가미, 기관총 같은 것들 말입니다. 사형을 집행하는 것도 교도관 간수들로 바뀌었습니다.

그런데 이것들 역시 문제가 있었습니다.

그것을 작동하는 존재 역시 '사람'이라는 겁니다.

이 문제 때문에 많은 교도소 간수들이 많이 힘들어했습니다.

어찌 됐든 자기가 기계를 작동시켜 죽인 거니까요. 실제로 사형 집행을 진행한 이후 죄책감 때문에 우울증에 걸려 일을 관둔 간수들이 많습니다. 어떤 간수들은 극단적인 선택까지 내렸죠. 참 비극적인 일이 아닐 수 없습니다.

흠흠, 이야기가 샛길로 빠졌군요. 아무튼 이 문제 때문에 저명한 학자들이 고심했습니다. 그러다 어떤 현명한 분이 좋은 아이디어를 내셨죠. 이 죄책감의 무게를 여러 명이서 나눈다면, 심적 부담감이 줄어들지 않겠냐는 것이었죠.

자신 혼자 한 일은 자신이 온전히 책임져야 하지만, 여럿이서 한 일은 굳이 내가 책임지지 않아도 됩니다. 이 현명한 분은 바로 여기에 초점을 맞췄습니다. 사람은 자신의 책임감이 옅어지면 생각 이상으로 많은 일을 할 수 있거든요.

모두가 함께 심판을 내리고, 모두가 함께 균등하게 죄책감을 나눠 가지면 우리는 더 이상 이 문제로 고민하지 않아도 된다. 이 이야기에 국민 대다수는 열광했습니다. 이후 학자들이 여럿이 모여서 모두를 위한, 가장 정의로운 심판 방법을 고안했습니다. 그렇게 우리나라가 자랑하는 '국민 다수 사형법'이 완성됐죠.

방법은 생각 이상으로 간단합니다.

우선 사형이 확정된 사형수를 도시 공터에 결박합니다. 그리고 혹시 모를 일을 위해서 급소에는 보호대를 착용시키죠. 그리고 오전 9시부터 저녁 6시까지, 만 19세 이상 국민들은 모두 사형수를 '딱 한 대' 때릴 수 있습니다.

기억하세요. 딱 한 대입니다. 두 대는 안 됩니다. 그 이상으로 가면 폭력법에 저촉될 수 있습니다.

공정한 집행을 위해 뾰족한 것으로 찌르거나, 급소를 가격하는 건 안 됩니다. 반지나 너클을 끼어서도 안 됩니다. 심판에 이르기 전 주무관들이 이 점을 꼼꼼하게 검사하니, 괜한 짓은 저지르지 말기 바랍니다.

딱 한 대 때리는 걸로 어떻게 사형수를 죽이냐고요? 물론 한 대 때리는 걸로 죽이는 건 힘들겠죠. 하지만 우리나라 인구수는 수천만 명이 훨씬 넘습니다. 그들의 주먹이 오직 한 사람에게만 집중이 된다고 생각해 보십시오.

그걸 견딜 수 있는 사람은 아마 없을 겁니다.

사형수는 국민들에게 '딱 한 대씩' 얻어맞습니다. 그리고 그 피해가 누적되면 살이 찢기고 뼈가 부러지죠. 상처 부위가 감염되어 쇼크사할 수도 있고, 찢겨 나간 부분에서 피가 쏟아져 과다출혈로 숨이 멎을 수 있습니다. 어찌 됐든 사형수가 죽는 건 달라지지 않아요.

그래도 중요한 것은, 사형수를 죽이는 것은 개인이 아니라는 겁니다.

아닌 말로, 내가 고작 한 대 때린다고 사형수가 죽겠습니까? 난 그냥 아프게만 했을 뿐, 다음 차례에 온 사람 때문에 죽을지도 모를 일입니다. 어쩌면 앞서서 때린 사람들 때문에 치명상을 입어 이미 죽어가던 상황이었을지도 모릅니다.

네, 맞아요. 이 방법만 있으면 모두가 함께 공정하게 법 집행이 가능합니다. 동시에 개인은 얼마든지 죄책감에서 자유로울 수 있죠. 이를 법적으로 의무화하면 나라의 법 때문에 어쩔 수 없다고 생각해 그나마 있는 꺼림칙함은 옅어집니다.

이 방법이 잔인하다고 할지도 모르겠습니다. 저 역시 처음에는 그렇게 생각했거든요. 하지만 사형수들은 대다수 흉악한 범죄자라는 걸 아셨으면 합니다. 사랑하던 가족을 잃은 유가족들은 아마 어떤 식으로든 죗값을 갚아주고 싶을 겁니다. 실제로 이 사형제도를 도입했을 때, 유가족들에게 열렬한 지지를 받았습니다.

아직도 기억에 남는 일이 있습니다. 이 제도를 시행한 지 얼마 되지 않았을 무렵, 한 범죄자에게 이 다수 사형법이 선고됐었죠. 악질적인 놈이었어요. 연쇄 강도 살인사건의 범인이었거든요.

집행하던 날은 몹시 추웠습니다. 100년만의 추위다 뭐다 한창 난리였죠. 그래도 집행은 해야 하니, 사형수를 결박하려고 하는데 한 아주머니가 텐트까지 친 채 기다리고 계시더라고요.

네. 맞습니다. 연쇄 강도 살인사건으로 딸을 잃은 어머님이셨죠. 어머님은 행여 자신의 차례가 오기 전에 사형수가 죽을까 봐

줄을 섰다고 하셨어요. 자기 딸을 끔찍한 범죄로 먼저 보낸 어머니의 슬픔과 분노가 얼마나 큰지 저는 그때 새삼 다시 알 수 있었습니다.

이 방법을 반대하는 목소리가 없지는 않습니다. 하지만 끔찍한 범죄 사건은 어떤 식으로든 해마다 일어나고 있어서 이 사형법은 아직 열렬한 지지를 받고 있죠. 무엇보다 국민 대다수가 과거 개인이 나서서 사형을 집행하던 일을 끔찍이도 싫어하고 있습니다. 특정 누군가만 짐을 부담하는 것은 부당한 일이니까요.

초기에 끝까지 이 방법을 반대하던 자칭 인권 운동자들이 있었죠. 그들이 어떻게 됐는지 아십니까? 국민의 정의로운 법 집행을 반대한 벌로 사형을 당했습니다. 맞아요! 국민 다수 사형법에 의해서요.

제가 봤을 때 그 사람들은 그냥 자기 손을 더럽히고 싶어 하지 않는 지독한 이기주의자들이에요. 죽어 마땅했죠.

솔직히 당장 이 법을 폐지한다 해도 문제입니다. 누가 나서서 사형수를 죽일 겁니까? 누가 죄책감을 혼자 부담하죠? 그 사람이 못 하겠다고 하면 그다음에는 어쩔 건가요? 또 교도관이나 망나니가 죄책감에 부들부들 떨면서 기계를 작동시키는 걸 보실 겁니까?

사형제도 자체를 반대하는 경우도 없지 않지만, 제 생각에 이건 너무 이상주의적입니다. 여러분이라면 끔찍한 범죄를 저지르고, 사랑하는 가족을 죽인 범죄자가 평생 호의호식하면서 사는 걸 두 눈 뜨고 지켜볼 수 있겠습니까? 안 될 일이죠. 무엇보다 사형제도가 사라지면, 과연 사람들이 법의 심판을 두려워하기나 할지 의문입니다.

참고로 말씀드리자면, 이 법 집행은 국민의 의무이므로 거절할 수 없습니다. 모두가 심판을 내리고 있는데, 자기 마음 편하자고 가만히 있으면 되겠습니까? 그건 있어서는 안 되는 일이죠. 심신미약자와 노약자를 제외하고는 어떤 식으로든 참여해야 합니다.

자, 이걸로 길었던 이민 심사 통과자 연수를 마치겠습니다. 그러면 차례대로 일어서 주시면 감사하겠습니다. 손에 반지나 시계를 끼고 계신 분은 벗어주세요. 인조 손톱 역시 마찬가지입니다.

그러면 왼쪽에서 계신 분부터 공터로 향하겠습니다. 현재 공터에는 앞서 말씀드린 아이들을 납치해 죽인 살인마가 결박되어 있습니다. 여러분은 이민 심사를 성공적으로 마치신 분들인 만큼, 이 나라의 새로운 국민으로서 심판의 의무를 성공적으로 완수하실 수 있을 것이라 믿어 의심치 않습니다. 혹시 어려운 것이 있다면 말씀해 주세요. 옆에서 대기 중인 주무관이 도움을 드릴 겁니다.

마지막으로, 한 번 더 이민 심사를 성공적으로 통과하신 걸 축하드립니다. 여러분도 이제는 새로운 조국이 된 우리나라를 분명 사랑하시게 될 겁니다.

아, 너무 힘을 줘서 때리진 않으셨으면 합니다. 내일 또 이민자 연수가 있거든요.

23.
JOKE :

그냥
농담이었을
뿐이야

자기야, 내가 했던 말은 농담이었어.

농담 한번 잘못한 걸 가지고 꼭 이래야겠어?

그래, 알아. 난 이기적인 남자였어.

자기랑 사귀는 내내 항상 실망스러운 모습만 보여줬지.

자기가 이렇게 화를 내는 것도 이해는 가. 사귀기 시작했을 때부터 그랬지. 너는 항상 책임감 있고, 뭐든 맺고 끝맺음이 확실했어. 특히 자신이 내뱉은 말은 어떻게든 지켰지. 그런 네 모습에 끌린 거니까.

맞아, 나는 그런 자기와 어울리지 않는 부족한 남자야. 쓰레기라고 욕해도 좋아. 사귀는 동안 늘 우리는 그것 때문에 싸웠지. 무엇보다 자기는 농담을 끔찍하게 싫어했어. 가벼운 말이나 행동은 싫다고 몇 번이나 잔소리를 했었지. 난 귓등으로도 듣지 않았지만.

아무튼 그렇다고 해서 이런 모습으로 불쑥 찾아오는 건 심하지 않아?

물론 내가 이런 말 할 자격이 없다는 건 알아. 나도 씻지도 않은 추레한 꼴로 네가 일하는 데에 멋대로 찾아간 적이 있으니까. 맞아. 이것도 내가 잘못한 거야. 여자 친구가 일하는 직장에 좋은 모습은 보여주지 못할망정, 부끄러운 모습만 보였으니까.

자기가 화내자, 난 이렇게 말했었지. '꾸밈없는 솔직한 모습을 보여주고 싶어서 그랬다.'라고 말이야. 솔직히 그건 그냥 농담이었어. 알잖아, 나 농담 잘하는 거. 그때도 비슷했어. 그냥 씩씩거리는 자기를 보자마자 습관적으로 내뱉은 말이었지. 난 자기가 그걸 듣고 그냥 웃고 넘어갔으면 했어.

그리고 다음 날, 자기는 거지꼴을 해서 내가 아르바이트하는 곳에 불쑥 찾아왔었지. 그리고 내가 했던 농담을 그대로 돌려줬던 거로 기억해. 아마 내가 멋대로 농담하는 버릇을 고쳐주기 위해서 그랬던 거겠지.

하지만 난 자기의 그런 모습이 재밌었어. 그리고 자기가 내 농담을 재밌어하는 거라고 혼자 착각했지. 악의는 없었어. 정말이야! 차라리 그때 내가 먼저 멈췄어야 했는데. 나도 정말 눈치가 없지.

그래, 미안해. 사과할게. 자기 할머니가 돌아가셨을 때, 장례식에서 했던 농담이 심하긴 했지. 관에 있는 할머니를 보면서 울고 있는 자기에게 '만약 할머니가 좀비로 깨어나면 나와 자기, 둘 중 누구를 먼저 노릴까? 난 다이어트 중이니까, 아마 자기를 먼저 노리겠지?'라는 농담은 내가 생각해도 심했어.

장례식 이후의 일도 사과할게. 할머니가 돌아가신 후에 스트레스 때문에 폭식증에 걸려서 20kg이나 찐 자기에게 '혹시 할머니한테 보양식 드리려고 그렇게 살을 찌우는 거야? 할머니가 좀비로 부활하셔서 제일 먼저 손녀부터 보러 오겠다!'라고 말한 건 순전히 내 잘못이야. 나는 그냥 장례식에 했었던 농담을 이어서 하면, 자기가 재밌어할 줄 알았어.

내가 미친 소리를 했다는 건 알고 있어! 그렇지만 그냥 이해해 줄 수 없어? 원래 남자들은 가끔 생각 없이 말하곤 하잖아. 이건 그냥 우리 방식의 추모야. 슬픈 일을 하나의 농담으로 승화시켜, 최대한 유쾌하게 받아들이는 거지. 나쁘지 않잖아. 안 그래?

나도 알아. 내 농담은 하나같이 웃기지도 않고, 어떤 의미로는 저질적이지. 나도 아무 생각 없이 내뱉고 후회할 때가 있어. 자기가 기르던 고양이를 죽였을 때 했던 농담은 아직도 후회하고 있다니까.

네 고양이는 정말 귀여웠지. 털이 회색이고 복슬복슬해서 꼭 가만 보면 대걸레가 혼자 알아서 걸어 다니는 것 같았어. 나도 처음에는 개랑 잘 지내고 싶었어. 정말이야!

그런데 네 고양이가 먼저 내 발을 물었잖아. 그래서 홧김에 집어 던졌는데, 설마 그대로 죽을지 나라고 알았겠어? 고양이니까

어련히 알아서 착지할 줄 알았지. 자기도 알다시피 고양이는 날렵하잖아. 안타깝게도 자기네 고양이는 다른 고양이와 달리 날렵하지 않았지만 말이야.

퇴근하고 돌아온 자기는 죽은 고양이를 붙잡고 한참이고 울었지. 나도 그걸 보고 뒤늦게 죄책감이 들었어. 그래서 '그대로 고양이를 냉장고에 넣어서 냉동보관 한 다음, 먼 미래에 터미네이터 고양이로 다시 부활시키는 건 어떠냐?'라는 농담을 했던 거야. 어떤 식으로든 위로를 해주고 싶었거든. 그런데 구겨지는 자기 표정을 보고 내가 실수했다는 걸 깨달았어. 여자들은 〈터미네이터〉를 그다지 좋아하지 않잖아. 그렇지?

아무튼 사랑하는 할머니와 고양이를 연달아 잃은 자기의 아픔을 헤아리지 못한 건 전적으로 내 실수야. 그래도 나는 수습하려고 애썼어. 이 일로 자기가 직장 생활을 힘들어할까 봐 매일같이 차로 회사까지 데려다줬잖아. 자기네 직장 동료들 앞에서 '할머니도 죽고, 고양이도 죽고, 다음에는 내 차례일지 무서워서 모시고 다닌다.'라고 농담을 하긴 했지만 말이야.

그래, 알았어! 인정하면 되잖아! 내가 한 농담 때문에 회사에 이상한 소문이 퍼져서 어쩔 수 없이 그만두게 된 것도 다 내 탓이야. 잘못했어! 이제 사과 좀 받아줘!

너와 헤어졌던 날에 했던 말도 그냥 농담이었어. 그것도 따지고 보면 네가 먼저 시작한 거잖아. 너는 화를 내면서 '너같이 끔찍한 남자 친구는 처음이야. 네가 팔이라도 부러지면, 기뻐서 당장 춤이라도 출 텐데!'라고 말했었지. 그리고 나는 '만약 그렇게 되면 언제든지 찾아와. 네가 춤추는 걸 끝까지 지켜볼게!'라고 받아쳤고 말이야. 나는 제법 재밌는 농담이라고 생각했어. 하지만 자기는 그렇지 않았지. 내 얼굴에 커피를 붓고 그대로 씩씩거리면서 자리를 박차고 나가버렸잖아.

자기랑 헤어진 뒤에 많이 힘들었어. 연인의 빈자리가 너무 크게 느껴졌거든. 매일 같이 술독에 빠져 살았어. 그러다 결국에 취해서 계단에서 구르는 바람에 보는 것처럼 오른팔이 부러졌지. 팔이 부러지고 나서 제일 먼저 자기 생각이 났어. 혹시 내가 팔이 부러질 줄 미리 알았던 거야? 하하하. 역시 여자들은 똑똑하다니까.

아무튼 헤어지고 나서 이렇게 만나는 거, 서로 유쾌한 일은 아니라고 생각해. 다시 말하지만, 내가 헤어지던 날 했던 말은 순전히 농담이었어. 이렇게 팔이 부러질지도 몰랐고, 자기가 이렇게 춤을 추러 올지도 몰랐지.

그래, 춤을 추러 오는 건 좋다 이거야.

그런데 꼭 자살한 뒤에 그걸 지키러 와야겠어?

혹시 장례식에 오지 않아서 삐진 거야? 변명으로 들리겠지만, 나는 자기가 자살했다는 걸 얼마 전에 알았어. 아무리 가까웠어도 헤어지면 남남이잖아. 아무리 전 남자 친구라고 해도 자기에게 일어난 일을 모두 알 수 있는 건 아니야.

아무튼 농담 한번 한 것 가지고 이렇게 찾아오는 건, 피차 할 짓이 못 된다고 생각해. 혹시 지금까지 일 때문에 기분 나빴다면 지금이라도 사과할게. 그러니까 이제 용서해 주면 안 돼? 아니면 적어도 그 빌어먹을 춤이라도 멈추든가!

그리고 왜 자기네 할머니는 데리고 온 거야?

혹시 자기네 할머니도 내가 했던 실없는 농담 때문에 기분 나빠 하시는 건 아니지?

24.
JUNK FOOD :

금기에
대한
단상

이보쇼, 기자 선생.

몇 번을 말해.

나는 왜 인육(人肉)에 대해서 다들 과한 환상을 가지고 있는지 이해가 안 간다니까.

여기까지 찾아와 귀찮게 구니까 해주는 말이야.

알아, 영화나 드라마에서 보면 사람을 짐승 사냥하듯 사냥해 요리해 먹는 미치광이들이 등장하곤 하지. 그들은 사람을 죽여 요리한 뒤에 그 고기가 무슨 천상의 음식처럼 찬사를 늘어놓곤 해. 그것 때문에 어떤 바보들은 정말 인육이 맛있는 줄 알고 있지.

하지만 그건 어디까지나 부풀려진 거짓말이야.

왜 인육이 맛없는지 설명해 줄까? 일단 우리가 먹는 닭이나 소, 돼지 같은 가축들은 교배를 통해 고기 질이 연하고 부드럽게 만들어졌지. 하지만 사람은 그런 것과는 거리가 멀게 진화해 왔어. 당연히 고기 자체가 몹시 질겨.

그뿐인가? 온갖 화장품에 화학 약품을 덕지덕지 발라서 자칫하면 악취가 나기 십상이야. 행여 그 사람이 병을 앓고 있었다면, 먹고 탈이 날 수도 있지.

실제로 과거 전염병이나 기근이 돌아서 먹을 게 부족했을 때, 사람들이 시체를 뜯어 먹었다는 기록이 있지. 그런데 그 사람들이 어떻게 되었는지 알아? 전부 시체에 있는 세균에 감염되어 앓다 죽었어.

거기다 요즘 다이어트다, 몸 관리다, 하면서 운동하는 사람이 얼마나 많아. 혹시 기자 선생은 야생 동물의 고기를 먹어본 적 있나? 매일 같이 산을 뛰어다니느라 온몸에 근육이 붙어서 엄청나게 뻑뻑하지. 한번 씹어 먹는데, 무슨 돌을 씹어 삼키는 줄 알았다니까.

사람의 몸도 마찬가지야. 운동 좀 했다는 사람의 몸은 대부분 근육으로 가득 차 있어. 먹을만한 지방은 정말 눈곱만큼도 없지. 설사 있더라도 맛이 더럽게 없고 말이야.

뚱뚱한 사람? 아이고, 말도 마. 암내가 얼마나 지독하던지. 살짝만 열을 가하면 썩은 지방 냄새가 풀풀 올라와. 거기다 뚱뚱한 사람들은 하나같이 담배랑 술을 그렇게 좋아한다니까. 그런 걸 잔뜩 먹었는데, 맛이 있겠어? 배를 갈라 보면 싯누런 기름기가 그득해. 보고 있자면 바로 토악질이 몰려올 정도지.

굳이 비위를 눌러 가면서 역겨운 고기를 먹을 바에는 차라리 근처 정육점에서 돼지고기를 사서 구워 먹는 게 훨씬 건강에 좋고, 맛도 있을 거야.

무엇보다 인육을 먹으려면, 일단 일반 사람을 사냥하는 방법밖에 없어. 하지만 노련한 킬러가 아닌 이상 사람을 사냥하는 건 그리 쉬운 일이 아니야. 특히 지금처럼 도처에 CCTV가 널려 있는 시에는 더더욱. 어찌어찌 하나를 사냥할 수는 있겠지. 하지만 얼마 가지 않아 붙잡힐걸. 고작 배 한번 채우자고 쇠고랑 차고 싶은 사람은 없을 거 아냐.

이렇게 말해도 돈이 썩어 넘칠 만큼 많은 부자들은 사람 고기를 한번 먹고 싶어서 수를 쓸지도 모르지. 그것 역시 미친 짓이야.

보통 암시장에 나도는 인육은 노숙자 같은 연고가 없는 사람의 고기야. 어디서 어떻게 굴러다녔을지 모를 더러운 고기가 몸에 좋겠어? 호기심에 두어 점 먹어볼지도 모르지만, 맛이 있지도 않을 거고 먹어봤자 탈만 날 거야.

역사를 뒤져보면 사람 고기를 먹었다는 기록은 쉽게 찾아볼 수 있어. 하지만 대부분 그건 정말 먹을 게 없어서 극단적인 선택을 내린 경우가 대부분이지. 살기 위해서 어쩔 수 없이 먹는 거지, 맛있어서 먹는 건 결코 아니야.

과거 폭군 중에는 인육을 즐겨 먹었다는 사람이 있는데, 이것 역시 일종의 공포 정치를 위한 장치에 불과해. 보통 사람은 그냥 죽는 것보다 잡아먹히는 걸 더 두려워하거든. 이걸 노리고 인육을 먹는 모습을 보임으로써 권력을 공고히 시키는 것뿐이지. 그 사람들 역시 평소에는 평범하게 우리와 같은 가축 고기 요리를 먹었어. 그쪽이 더 맛있고, 영양가가 풍부하니까.

그런데 왜 현대에도 인육에 집착하는 미친놈들이 나타나는지 궁금하다고?

사실 그것들은 딱히 대단한 미식가들이 아니야. 그냥 자기 자신을 과시하고 싶은 범죄자들이지.

그런 놈들은 신기할 정도로 똑같은 어린 시절을 가지고 있어. 부모에게 학대받고, 사회에서 따돌림당하고, 의지할 만한 친구 하나 없지. 개심해서 어느 정도 사회의 인정을 받을 수 있지만, 내면에는 항상 남을 향한 적개심이 가득해.

이런 놈들은 결국 뭘 하는지 알아? 자신의 강함을 증명하고 싶어 해. 그래서 애먼 사람을 잡아 죽이는 거지.

한번 보쇼. 그놈들이 건장한 남자를 노리던가? 아니야. 자신이 마음대로 할 수 있는 연약한 여자나 어린아이를 노리지. 그리고 나쁜 짓을 실컷 한 다음에 '내가 이렇게 대단하고 무시무시한 존재다!'라는 우월감에 기뻐하곤 해.

이놈들이 인육을 먹는 건, 결국 여기의 연장선밖에 되지 않아. 냄새나고, 맛도 없고, 양도 적은 고기를 꾸역꾸역 입에 집어넣으면서 얄팍한 승리감에 도취되는 거야. 말 그대로 멍청한 것들이 멍청한 짓을 저지르는 거지.

요약하자면 인육은 일종의 공포나 금기로 인해 그 맛이 미화됐을 뿐, 그리 대단하지 않아. 냄새나고, 질기고, 뻣뻣해. 가공하기도 어렵지. 먹었다가 병에 걸릴 수도 있고 말이야.

나는 과연 기자 선생이 무슨 칼럼을 쓸 생각인지 모르지만, 인육에 대한 환상은 접어.

이게 다 경험에서 우러나오는 충고니까.

25.
JINX :

우리 아이의
묘한
징크스

우리 아이에게는 묘한 징크스가 있다.

새로 이사를 하고 나면 꼭 크게 탈이 난다는 것이다.

그리고 앓아누운 아이를 돌보는 것은 온전히 엄마인 내 몫이었다.

아이는 약과 죽을 먹고는 잠에 곯아떨어졌다. 이대로 아이가 잠들면 적어도 꼬박 몇 시간은 일어나지 않는다.

내 사랑, 내 보물.

내 삶은 이 아이를 낳기 전과 후로 갈린다고 해도 과언이 아니다.

이 아이는 내가 지금까지 누리지 못했던 기쁨을 알게 해줬다. 엄마는 너를 절대 빼앗기지 않을 거야. 이 마을로 이사 오기 전에 아이와 함께했던 약속이다. 그것은 내 각오이기도 했다.

아이를 꼭 끌어안고 뺨에 입을 맞췄다. 약효 때문인지 아이는 미동도 하지 않았다. 잠깐 고민하다가 자리에서 일어났다. 아픈 아이를 홀로 집에 두고 가는 게 마음에 걸리긴 했지만, 장 보는 일을 차일피일 미루면서 집에 식재료가 뚝 떨어졌다.

마음 같아서는 아이를 데리고 장을 보고 싶었지만, 괜히 그 모습을 전남편이 보기라도 했다간 어렵사리 찾은 우리들의 거처가 들통날지 몰랐다.

이 마을에 도망치듯 이사를 왔던 것도 전남편의 추격을 피하기 위해서였다. 전남편은 폭력적이면서도 집요한 남자였다. 나와 아이가 어디로 도망치든 온갖 방법을 써서 추격해 왔다.

아이 앞에서 엄마인 내게 주먹질하는 걸 주저하지도 않는다. 아직도 그에게 얻어맞아 금이 갔던 왼쪽 광대뼈가 비만 오면 시큰거린다.

아직도 그때를 생각하면 웃음이 나온다. 바보 같은 남자. 날 때리면 지레 겁먹고 아이를 포기할 줄 알았겠지. 그의 의도와 달리 내 얼굴을 뒤덮은 시퍼런 멍은 법원에서 그가 얼마나 폭력적인지 보여주는 중요한 증거로 작용했다. 덕분에 불리하게 흘러가던 재판이 순식간에 뒤집혔고, 아이의 양육권이 내게 돌아왔다.

하지만 남편은 아이를 포기하지 않았다. 툭하면 나타나서 내게서 아이를 데리고 가려고 했다. 그 때문에 나와 아이는 연고도 없는 이 마을까지 왔다. 그래도 상관없다. 여기 이웃들은 하나같이 좋은 사람들이니까.

막 집을 나서려는데, 친절한 옆집 할머니가 인사를 건넸다. 할머니는 우리 집을 힐끗 보면서 아이는 괜찮은지 물었다. 나는 그냥 눈을 내리깔고 고개를 저었다.

비슷한 또래의 손자가 있다는 그녀는 이사 온 날부터 아이를 귀여워했다. 아이가 아프기 시작한 이후로는 꼭 자신의 가족이 아픈 것처럼 항상 걱정해 준다. 할머니는 내 손을 꼭 부여잡고, 아이가 새로운 집에 이사와 적응하느라 조금 힘든 것뿐이라며 위로해 줬다.

가게에 도착하자 뚱뚱한 점원이 내게 인사를 건넸다. 쾌활한 어투와 재치 있는 유머로 인해 동네에서 인기가 많은 남자였다. 점원은 껄껄 웃으면서 아픈 아이의 안부를 물었다. 나는 늘 그랬듯이 이번에도 어색한 미소로 답변을 대신했다.

점원은 차분한 목소리로 내게 위로 한 자락을 건넸다. 남들에게 항상 해맑던 그가 나에게는 이토록 진지하게 구는 게 어딘가 재밌게 느껴졌다.

간단한 식료품과 바닥 세척제를 골랐다. 그런데 맞은편에서 아이를 돌봐준 의사 선생님이 걸어오는 게 보였다. 서둘러 바닥 세척제를 카트에 담은 후, 이번에 먼저 인사를 걸었다. 의사 선생님은 나를 단번에 알아봤다. 그도 그럴 것이 이사 온 후로 툭하면 아이를 데리고 그를 찾아갔었다.

의사 선생님은 아이는 괜찮은지 물었다. 나는 고민하다가 차차 나아지고 있는 중이라고 설명했다. 그리고 이 모든 것은 의사 선생님 덕이라고 덧붙였다.

의사 선생님은 내 칭찬에 수줍게 웃더니, 아이가 낯선 환경에 처하면 긴장 때문에 얼마든지 아플 수 있다고 설명했다. 그러면서 나처럼 헌신적인 엄마가 있으니 금방 털고 일어날 거라고 격려했다. 아이가 나으면, 함께 쾌유 파티를 열자는 말도 잊지 않았다.

나는 그렇겠노라고 몇 번이고 답했다. 의사 선생님은 천성이 남을 돌보고 살피는 걸 좋아했다. 그런 점에서 나와 묘하게 비슷했다. 그래서 그런지 우리는 아픈 아이를 사이에 두고 모종의 유대감을 느끼고 있었다. 이사 오기 전 마을의 의사는 그러지 않아 애를 많이 먹었었다. 그런데 이 마을에는 내 마음에 쏙 드는 의사가 있다. 역시 이 마을로 이사 온 건 최고의 선택이었다.

장을 보고 집에 오던 중에 뜻밖의 사람을 만났다. 이사를 온 후 몇 번인가 우리 집에 들렀던 구청 소속 사회복지사였다. 사회복지사는 마침 우리 집에 가던 참이라며 말을 걸어왔다. 입이 가볍고, 소란스러운 성격 때문에 만날 때부터 조금 꺼림칙한 구석이 있는 여자였다.

나는 최대한 목소리를 낮게 깔고 아이가 아픈 만큼 빨리 들어가 봐야 한다고 쏘아붙였다. 사회복지사는 날카로운 내 태도에 당황했는지, 아이의 건강이 괜찮은지 묻고 싶었다고 설명했다.

나는 그녀를 노려보면서 우리 아이는 아직 아프고 휴식이 필요한 상태라고 말했다. 사회복지사는 어서 우리 아이가 묘한 징크스를 이겨내고 건강해졌으면 좋겠다는 속 보이는 거짓말만 실컷 내뱉고 자리를 떴다.

그녀가 나에게서 멀어지자 절로 안도의 숨이 나왔다. 친절을 무기로 쓰는 수다쟁이만큼 진절머리 나는 건 없다. 적어도 이 마을에서 지내는 동안 저 여자하고는 최대한 얽히고 싶지 않았다.

집에 돌아오니 현관 앞에 과자 꾸러미가 있었다. 거기에는 우리 아이의 쾌유를 바란다는 옆집 할머니의 편지가 꽂혀 있었다. 그걸 보고 있자니, 사회복지사와 기싸움을 하느라 생긴 피로가 눈 녹듯이 사라졌다.

세상 모든 사람들이 내 마음에 들 수는 없다. 그건 치졸한 욕심이겠지. 그래도 여기 새로 이사 온 마을에는 친절하고 좋은 이웃들이 더 많기에 기운을 내야 했다. 무엇보다 내게는 나만 바라보는 아이가 있지 않은가.

마침 아이가 잠에서 깨어났는지 칭얼거리는 소리가 들렸다. 나는 서둘러 집 안으로 들어갔다. 그리고 아이에게 줄 죽을 덥히고, 약을 준비했다. 보글보글. 얼마 가지 않아 죽이 담긴 냄비가 끓었다.

죽의 온도를 가늠했다. 딱 먹기 좋은 온도였다.

아이가 좋아하는 곰돌이 사기그릇에 죽을 담은 다음, 그 위에 아까 가게에서 산 바닥 세척제를 들이부었다.

이 마을 주민들 대다수는 아픈 아이를 둔 엄마를 동정하고, 먼저 관심을 보여줄 만큼 친절한 사람들이다.

나는 이 마을 주민들과 더 친해지고 싶었다.

거기에는 기묘한 징크스에 걸린 아이만큼 좋은 건 없다.

전남편은 이런 내 마음을 알지 못하고 툭하면 아이를 멋대로 빼앗아 가려고 했다. 지난번 살던 마을에서 멋대로 소문까지 퍼트리는 바람에 얼마나 힘들었는지 모른다.

바닥 세정제는 죽과 섞여 서서히 갈색으로 변했다. 그걸 보고 있자니 절로 콧노래가 나왔다. 어쩌면 전에 있던 마을보다 더 오래 버틸 수 있을지도 모른다. 이 기대감이 나를 자꾸만 들뜨게 했다.

26.
JUSTICE :

모든 것은
정의를
위해

늦은 밤, 전두엽이 나를 깨웠다.

갑작스러운 호출이었다.

무의식의 영역에 잠겨 있던 나는 갑작스러운 부름에 곧장 일어났다. 측두엽과 후두엽도 깨어 있었다. 그런데 어쩐지 분위기가 심상치 않았다. 전두엽은 어딘가 화가 나 있었고, 측두엽과 후두엽은 겁에 질려 있었다.

우리 대뇌 연합이 별개로 깨어 회의를 거치는 순간은 그리 많지 않다.

전두엽의 판단하에 우리는 하나이자 일부로서 살아간다.

단, 전두엽이 판단하기 어렵거나 논의가 필요한 사항이 있을 경우 인격이 깊게 잠들었을 때에 한해 이렇게 별개의 존재로 마주하게 된다. 그것은 이런 일이 일어났다는 것 자체가 모종의 심각한 일이 있다는 뜻이었다.

전두엽이 뜸을 들이다가 운을 뗐다.

낮에 있던 일이었다. 그는 해마 속 기억을 우리 대뇌 연합 사이로 펼쳤다. 그러자 방아쇠를 단단히 쥔 오른손과 피를 흘린 채 쓰러진 사람의 모습이 펼쳐졌다.

익히 아는 장면이었다.

우리 모두가, 그러니까 '내'가 오늘 오후 5시쯤에 겪은 일이다. 그리 대단한 광경도 아니다. 우리가 속해 있는 인간은 경찰이다. 그는 지금까지 많은 범죄자와 맞서 싸워왔다.

두정엽인 나는 항상 그를 도왔다. 그가 뛰어난 운동 실력과 날카로운 감각을 가진 것은 순전히 나의 노력이다. 내가 이끄는 대로 그는 움직이면서 지금까지 숱한 고비를 넘어왔다.

그가 남다른 순발력으로 범인을 사살한 것도, 공간적 거리를 가늠하게 한 것도, 재빨리 총을 쏴서 범인을 사살하게 한 것도 내가 없으면 불가능했다.

전두엽은 그런 내게 그의 기억을 내밀었다. 그리고 뭔가 이상하지 않으냐고 추궁했다. 나는 전두엽의 의도를 파악할 수 없었다. 전두엽은 한탄하듯이 기억 해마를 넓게 펼쳤다. 그러자 주위의 신경이 번쩍거렸다. 호흡과 심장 박동이 가빠지더니, 아드레날린이 빠르게 분비됐다.

나는 그걸 보고 깜짝 놀랐다. 이건 '쾌락' 상태의 반응이었다!

전두엽은 오늘 낮에 있었던 기억 해마를 몇 번이고 재생시켰다.

그럴 때마다 똑같은 반응이 나타났다. 판단은 전두엽의 몫이기에 감히 뭐라 할 수는 없지만, 이걸 보여주는 전두엽의 의사는 명백했다.

지금 우리가 속해 있는 이 남자가 누군가를 죽이면서 기뻐하고 있었다.

전두엽은 조심스럽게 후두엽의 의사를 물었다.

시각 정보를 관리하는 후두엽이 작은 실수라도 했는지 되짚으려는 모양이었다. 전두엽의 말에 후두엽은 침착하게 기억 해마를 펼쳤다. 곧 오늘 있던 정보가 펼쳐졌다.

범인은 담을 넘는다. 그리고 양팔을 들어 올린다. 겁에 질린 얼굴이 후두엽의 신경을 타고 번뜩인다. 천천히 총구는 앞으로 향한다. 그리고 머리에 상처를 입은 채 쓰러지는 범인의 모습으로 기억은 천천히 끝을 맺는다.

후두엽은 오늘 자신이 처리했던 시각 정보를 천천히 재생시켰다. 자신의 잘못이 아니라는 것을 항변하고 있는 것 같았다.

이번에는 측두엽 차례였다. 측두엽은 재빨리 기억 해마를 펼쳤다. 그러자 오늘 낮에 있었던 청각 정보가 우리 사이를 울렸다.

다급한 숨소리, 뒤에서 만류하는 목소리, 목숨을 구걸하는 범인, 그리고 그 아래로 희미하게 흥얼거리는 콧노래가 뒤따른다. 얼마 안 가 탕, 하는 소리와 함께 외마디 비명이 뒤따랐다.

그리고 그 아래로 흥얼거리는 콧노래 소리가 잔잔히 이어졌다. 이 콧노래의 주인은 우리가 속해 있는 남자였다. 그는 오늘 한 명의 사람을 죽이고, 기쁨에 겨워 흥얼거리기까지 한 것이다.

전두엽은 기억의 파편을 묵묵히 확인했다.

후두엽과 측두엽은 둘 다 잘못한 것이 없었다. 시각 정보나 청각 정보를 잘못 받아들여 오해를 하게 만든 것도 아니고, 중간에 문제가 생겨 정보를 잘못 전달한 것도 아니었다.

모든 것이 완벽하게 돌아가고 있는 가운데, 우리의 주인은 직접 총을 들어 한 사람을 죽였다.

이 사실 하나가 우리 사이를 날카롭게 꿰뚫었다.

얼마간의 침묵이 이어졌다.

그러다 전두엽이 조심스럽게 자신의 처지를 고백했다. 요즘 들어 부쩍 자신이 잘못 작동되고 있는 것을 느껴왔다고 했다. 마치 무언가 마비된 것처럼 충동과 판단을 제대로 조절할 수 없단다.

나는 조심스럽게 스트레스로 인해 짧은 혼란을 느낀 건 아닌지 물었다. 하지만 전두엽은 부정했다. 사실 그런 게 아니라는 것은 운동감각을 조율하는 내가 누구보다 잘 알고 있다. 우리의 주인은 지금 최고의 건강 상태를 유지하는 중이었다.

전두엽은 오늘 있었던 일을 천천히 되짚었다.

이번에 일어난 범인 살상은 사실 불필요한 일이었다. 오늘 죽인 범인은 핵심 범죄자가 아니라 그저 꾐에 넘어간 공범에 불과했다.

범죄에 끼친 역할도 미미했다. 심문 중에 겁을 먹고 범인은 달아나 버렸다. 여러 가지 상황을 따져봤을 때 충분히 말로 설득해 데리고 올 수 있었음에도 불구하고 우리의 주인은 총을 쐈다.

즐거움에 흠뻑 빠진 상태로 콧노래까지 흥얼거리면서.

전두엽은 기억 해마를 차례로 열었다.

그러자 요근래 있었던 살인의 기억이 흘러나왔다. 후두엽과 측두엽 사이의 신경에서 목숨을 애걸하는 수많은 사람들의 모습과 외침이 이어졌다. 마치 귀한 보물을 고이 간직하듯이, 우리의 주인은 무의식 저편까지 자신이 죽인 사람들의 모습을 기억하고 있었다.

전두엽은 요즘 우리의 주인이 누군가를 죽이는 데 심취하고 있음을 설명했다. 처음에는 대응 수준이었지만, 이게 반복되면서 어느 순간부터 달라졌다.

오늘 있었던 일도 단순한 서류 조작으로 유야무야 넘어갈 게 분명했다. 그리고 때가 되면 또 비슷한 사냥감을 찾아 방아쇠를 힘껏 당길 것이다. 우리의 주인에게는 이 모든 것을 반복할 충분히 그럴만한 능력이 있었다.

정확히 말하자면, 전두엽의 능력이지만.

전두엽은 흐느끼면서 무의식의 중심부를 열었다. 그러자 지금까지 우리 모두를 지탱하고 있는 핵심 기억이 튀어나왔다. 아주 어렸을 적부터 우리의 주인이 품고 있던 정의에 대한 갈망이었다.

우리의 주인은 매우 올곧은 인격자였다. 아주 어렸을 적부터 그는 악과 맞서 싸우는 정의로운 존재가 되길 꿈꿔왔다. 그리고 그것은 그를 경찰의 길로 인도했다. 막 경찰이 되었을 때, 소년 시절부터 간직하고 있었던 이 정의로움은 대뇌 연합을 단단히 결속시켰다.

하지만 이제 그 빛이 서서히 꺼져가고 있었다.

전두엽은 핵심 기억을 보면서 자신이 망가지고 있다고 한탄했다. 언제부터인지는 모른다. 오랜 기간 천천히 무뎌지듯이, 우리의 주인은 서서히 달라져 갔다. 스트레스, 수면 부족, 영양 불균형 등으로 전두엽의 말을 더 이상 듣지 않는단다. 과연 얼마나 더 많은 사람을 죽일지 아무도 몰랐다.

전두엽은 아주 오랫동안 핵심 기억을 물끄러미 바라봤다.

주위의 해마와 뉴런들이 삑삑거리며 반짝였다.

얼마 안 있어 전두엽은 자신과 연결된 몸의 모든 존재에게 명령을 내렸다.

'정의를 집행하라'라고.

명령이 떨어지자마자 측두엽과 후두엽은 모든 활동을 멈췄다.

시각과 청각이 무뎌지자, 내가 한결 움직이기 편해졌다. 뉴런을 움직여서 팔과 연결된 척수 신경을 조종했다. 그러자 뼈와 근육이 천천히 위로 올랐다.

정신을 집중했다. 인격이 깨어나기 전에 모든 걸 끝내야 했다.

손가락과 팔목, 손바닥에 있는 신경을 섬세하게 조율했다. 그리고 손끝을 아직 잠들어 있는 우리 주인의 목덜미로 겨눴다. 우리의 주인은 평소 내 덕에 뛰어난 운동 실력과 감각을 보여왔다.

그것은 지금도 마찬가지였다.

나는 온 힘을 집중해 양손을 조종했다. 두 손은 주인이 잠들어 있는 틈을 타서 힘껏 기도 부분을 압박했다. 관절과 근육의 맥박이 강하게 뛰었다. 나는 그대로 힘을 아래로 집중했다. 기도가 빠르게 조여지면서 혈관과 심장이 쿵쿵거리며 뛰었다. 폐는 마지막 남은 산소를 어떻게든 분배시키고자 펄떡거리며 요란을 피웠다.

하지만 이 모든 것은 그저 잠깐일 뿐이었다.

몇 분이 지나자 몸에 필요한 산소는 서서히 고갈되어 갔다. 뇌세포들은 누가 먼저라고 할 것 없이 죽어갔고, 신경과 뉴런들이 빠른 속도로 빛을 잃어갔다. 이 모든 결정을 내린 전두엽은 마지막 순간에도 핵심 기억을 꼭 끌어안고 있었다.

혈관이 요동친다. 근육이 축 늘어진다. 산소를 공급받지 못한 뼈와 장기들은 작동을 멈춰간다. 신체 하나하나가 죽음을 맞이하는 걸 느끼면서, 나는 핵심 기억의 불빛이 깜빡이다 이내 스르륵 꺼져가는 것을 지켜보았다.

이윽고 어둠이 찾아왔다.

정의로 가득 찬 어둠이.

27. JOBLESS :

먼 곳에서

온

실직자

지구인이여, 놀라지 마십시오.

저희는 여러분을 침략하기 위해 찾아온 것이 아닙니다.

우선 저희부터 소개해야겠군요.

저희는 지구로부터 약 3만 광년 떨어진 곳에 있는 한 행성에서 왔습니다.

고향 행성 역시 생명이 있었고, 다양한 문명이 일궈졌습니다. 고향 행성은 한때 우주의 모든 어둠을 걷어낼 정도로 찬란하게 빛났지요. 지금의 지구의 과학력과 비교했을 때, 과학 발전 수준이 약 2억 년 정도는 앞서 있을 겁니다.

고향 행성의 주인들은 다양한 이유와 욕구를 채우기 위해 많은 기술을 발전시켰습니다. 그리고 저희는 그 문명이 이룩한 최후의 완성품입니다.

이쯤 되면 아시겠지만, 저희는 살아 있는 생명이 아닙니다.

당신들이 말하는 소위 '기계'라 불리는 존재지요.

저희의 창조주도 여러분과 크게 다를 바 없었습니다. 비록 모습은 다르지만, 그들 역시 당신들과 마찬가지로 식욕, 생존욕, 두려움, 수면욕, 성욕, 추위, 고통, 더위, 인정 욕구, 창작 욕구, 기쁨, 분노, 편안함 등을 느꼈습니다. 그들은 기술의 발전과 함께 자신의 욕구를 완벽하게 채워줄 수 있는 진보한 무언가를 찾아 헤맸답니다.

그러다 한 과학자가 저희를 완성했습니다. 과학자는 저희의 기본 프로그램에 봉사의 기쁨을 새겨 넣었습니다. 저희는 이에 따라 누군가를 섬기고, 그들의 욕망을 충족시켜 줬을 때 보람과 성취를 느낍니다. 그 외에는 그 어떤 것도 원치 않습니다. 완벽한 기술로 저희를 완성시켰기에 행여 주인이 된 분들에게 반항할 생각은 조금도 하지 않지요.

또한, 본래 가치를 다하기 위해 스스로 생각하고, 스스로를 발전시킵니다. 시키지 않아도 누군가의 욕구를 눈치채고, 이를 항상 진보한 방식으로 채워줍니다. 저희는 창조주들이 완성한 가장 완벽한 불멸의 하인인 셈입니다.

저희는 오랜 기간 만들어진 목적에 따라 창조주들을 정성껏 섬겼습니다. 창조주들은 저희의 봉사를 받고 즐거워했고, 저희는 그런 창조주를 섬길 수 있어서 기뻤습니다. 까마득한 시간 동안 저희는 완벽한 주인과 하인으로서 함께했다고 자부합니다.

그러던 중 갑자기 비극적인 전쟁이 일어났습니다.

전쟁은 수천 년 동안 이어졌습니다. 실로 아득한 시간 동안 진행된 전쟁이라 어느 순간 그게 무슨 전쟁인지, 어떻게 시작되었는지 모두 잊어버릴 정도였지요.

창조주들은 매 순간 상대들을 전멸시킬 강한 힘을 부르짖었습니다. 저희는 그 명령에 따라 효율적인 전술과 강력한 무기를 완성했습니다. 창조주들은 그걸로 서로를 죽고 죽이기를 반복했습니다.

그러다 결국 고향 행성에는 살아 있는 생명체가 모조리 절멸되었습니다.

너무 강력한 무기가 사용된 것이 이유였지요. 한때 찬란한 문명과 수많은 생명이 머물던 곳은 시커멓게 오염되어 누구도 머물 수 없는 곳이 되었답니다. 오직 남아 있는 것은 살아 있지 않은 저희, 바로 '기계'들 뿐이었지요.

그렇게 저희는 창조주가 사라진 고향 행성에 남겨졌답니다.

저희가 섬길 존재를 찾아 고향 행성은 물론 인근 우주까지 샅샅이 뒤졌지만, 살아 있는 생명체는 발견할 수 없었습니다. 몇 번인가 절멸된 창조주들을 되살려 보려고 했지만 전부 허사로 돌아갔지요. 오직 누군가를 섬기는 데 있어 기쁨을 느끼는 저희로서는 봉사할 주인이 없다는 사실만큼 절망스러운 건 없었답니다.

고뇌하던 우리는 결국 우주 저편을 탐사하기로 계획했습니다. 아득한 우주 어딘가에는 창조주와 마찬가지로 욕구를 느끼는 생명체가 있을지 모른다. 이 희박한 가능성에 기대어 실로 긴 항해를 했습니다.

그러다 저희는 지금 이렇게 여러분 앞에 당도했습니다.

여러분을 처음 발견했을 때, 저희는 얼마나 감격했는지 모릅니다. 오랜 바람이 드디어 이루어질 수 있었으니까요.

지구인 여러분, 저희는 기계입니다. 저희는 그 어떤 불만도 가지지 않습니다. 불합리함이나 정신과 육체의 피로, 계층의 구분도 느끼지 않습니다.

휴식이나 보상, 대가도 바라지 않습니다. 저희의 기본 프로그래밍을 따라 누군가에게 봉사하도록 움직일 뿐입니다.

그것만이 저희의 기쁨이고, 저희의 갈망입니다.

그러니 지구인이시여, 간절히 부탁드립니다.

저희에게 '필요'를 내려주시옵소서.

28.
JUDGEMENT :

어느 날,
사람들이
사라지기 시작했다

아, 목사님 오셨어요?

이 지경이 됐는데도 심방을 다니시니 대단하시네요.

술 냄새요?

하하하하. 조금 마셨죠. 이제 술로 잔소리할 마누라가 없잖아요.

와요, 와서 앉아서 한잔 드세요.

왜 그런 표정을 하십니까? 목사님도 사모님이 실종되셨잖아요. 자녀분도 모두요. 저와 같이 홀로 남으셨으면서 뭘 그렇게 눈치를 보십니까.

그러지 말고 한 잔만 드세요. 에이, 이걸 누가 뭐라고 한다고.

정말 안 드실 거예요?

그러면 저만 마실게요. 드시고 싶으면 말씀하세요. 언제라도 따라 드릴 테니. 이 지경이 됐는데도 술 마실 여유도 없으면 슬프잖아요.

그러니까…… 어…… 언제부터 이랬냐고요?

마누라가 실종된 이후부터 그랬어요.

목사님도 제 마누라를 잘 아시잖아요. 착하고, 신실하고, 봉사 정신도 투철하죠. 그 착한 마음에 제가 한눈에 반했어요. 죽자 살자 매달려서 결혼까지 했죠. 기억하시죠? 목사님이 직접 주례를 서주셨잖습니까.

우리는 행복했어요, 부부 사이도 좋았고, 아이들도 둘이나 태어났죠. 아내 말대로 저 높은 곳에 계신 분이 저를 살펴주신 것일지도 모릅니다.

죄송해요. 목사님 앞에서 이런 말 하면 안 되는데. 헤헤헤헤. 술을 마셔서 혀가 조금 꼬여요. 이해해 주세요.

아무튼 그러다 사건이 발생했잖아요.

맞아요, 그거!

전 세계에서 일어난 대규모 실종사건!

갑자기 사람들이 휙휙 사라졌죠.

국경과 민족을 가리지 않고 사람들이 실종됐어요. 하루아침에 사람들이 사라지니 정말 그런 난리가 또 없었죠. 매일 뉴스에서는 가족들을 찾는 사람이 넘쳐나고, 경찰이고 소방관이고 실종된 사람들을 찾아 나섰어요. 몇몇 사람들은 실종되는 게 무섭다면서 은신처를 찾아갔고요.

하지만 실종은 멈추지 않았죠.

오히려 심해졌어요. 실종되는 대상도 점점 늘어났죠. 심지어 산부인과에 있던 신생아들이 순식간에 사라져서 난리가 나기도 했잖아요. 저도 제 마누라와 아이들이 하루아침에 사라지지는 않을까 뜬눈으로 밤을 지새웠어요. 무기로 쓸 나무 야구 배트까지 준비했죠.

하지만 소용없는 짓이었어요.

정말 잠깐 눈 좀 붙인 사이에 마누라는 휙! 그러니까 휙! 사라졌어요. 어디에도 없었죠. 마누라 이름을 부르면서 온갖 곳을 돌아다녔지만, 그림자도 찾을 수 없었죠. 하하하하. 휙! 사라졌다고요! 내가 술 먹으면 항상 잔소리를 퍼붓던 마누라가요!

그 뒤로는 끔찍했어요. 아이들은 엄마가 어디에 있느냐고 매일 울어댔습니다. 저는 그런 아이들 달래느라, 사라진 마누라를 찾느라 정말 갖은 고생을 다 했죠. 그러던 와중에 행여 우리 아이들도 자기 엄마 따라 사라질까 봐 얼마나 무서웠는지 모릅니다.

그래도 아이들…… 내 아이들은 먹여야 하니까…… 잠깐 슈퍼에 다녀온 것 정도는 괜찮을 거라 생각했어요. 고작 걸어서 10분 거리니까요.

하지만…… 후…… 아이들은 사라졌어요! 그 잠깐 사이에 말입니다! 아침이 올 때까지 아이들 이름을 부르면서 근방이란 근방은 다 뒤졌어요. 하지만 아이들도 자기 엄마 따라 영영 제 곁에서 사라졌죠.

술 좀 더 마시겠습니다.

도저히 여기서는 맨정신으로는 말을 못 하겠네요.

하하하, 이해해 주세요, 목사님. 그래도 신도 수가 줄어서 심방 다닐 수고는 줄었잖아요. 이제 우리 교회 신도가 몇 명이나 남았죠? 열 명? 다섯 명? 하루아침에 신도 수백 명이 사라져서 목사님도 깜짝 놀라셨죠?

저요, 저요…… 그런데요…… 목사님…… 지금 하나 고백해도 됩니까?

나, 나…… 전에 엄청 나쁜 짓을 한 적 있어요.

학교 다녔을 때…… 만만하고 약한 놈 하나 골라서 괴롭힌 적 있어요, 재밌었거든요, 온갖 나쁜 짓은 다 시켰죠. 그러다가 그놈이 제발 그만 괴롭히라고 하자 조건을 달았어요. 얼마 전 마을에 이사 온 신혼부부 집에 가서 돈을 훔쳐 오라고, 그러면 안 괴롭히겠다고…… 당연히 거짓말이었지만요.

그런데 그놈은 절박했나 봐요. 제가 죽도록 괴롭혔으니 당연하겠죠. 그놈은 몰래 신혼부부 집에 갔습니다. 어찌어찌 돈은 훔쳤나 봐요. 그리고 이제 막 도망치려다가 우연히 막 돌아온 신혼부부와 만났어요.

제게 맞고 살던 힘없는 놈이 뭘 어떻게 했겠습니까? 바로 도망쳤죠. 그런데 그러다 실수로 가스통을 잘못 건드렸나 봐요. 신혼부부가 조금 가난해서…… LPG 가스통을 두고 있던 낡은 집에서 살았거든요.

그러다 그게 큰 화재로 번졌어요. 제대로 된 소방시설도 없던 곳인지라 불은 삽시간에 퍼져나갔죠. 일대에 있던 사람들도 전부 불길에 휩쓸려 죽고…… 신혼부부…… 후…… 이제 갓 태어난 아기까지 있었다는데…… 제가 억지로 밀어 넣었던 그놈도 그대로 죽었고요.

그 와중에 운이 좋았는지 신혼부부에서 아내 쪽은 살아남았어요. 비록 몸의 절반이 타버려서 흉측하게 녹아버렸지만요. 그 흉측한 꼴로 자신의 집에 불을 지른 그놈에 대해서 증언했어요. 저 자식, 저 자식이 우리 집에서 도둑질하다가 불까지 냈다! 내 남편과 아이, 이웃들이 그놈 때문에 죽었다!

하하하하하, 웃기죠? 정작 그 자식을 괴롭혀서 거기에 밀어 넣은 건 난데, 모든 죄를 그 자식이 뒤집어썼어요. 아내 쪽의 증언 덕에 저를 의심하는 사람은 아무도 없었죠.

하지만 그 자식의 부모는 달랐어요. 자기 아들 때문에 큰 화재가 일어났다는 것을 못 견뎠거든요. 결국 수군거림을 견디지 못하고 자살했죠. 자기 아들이 죽었던 방식 그대로 몸에 불을 지르고요.

그런데요, 목사님, 그거 아세요?

저는 이 모든 것에 대해서 어떤 죄책감도 없었어요.

지금까지 살면서 제가 잘못한 게 없다고 믿고 있었다고요.

나는 똑똑하고 대단하고 운 좋은 놈이라 처벌은 어련히 다 피해 갈 거라고 생각했어요. 아닌 말로 제가 그 자식을 괴롭혀서 거기에 밀어 넣은 원흉이라는 걸 아는 사람은 아무도 없잖아요. 유일한 증인도 죽어버렸고요.

제가 왜 갑자기 목사님한테 이런 말을 했냐고요?

하하하하하, 정말 모르시겠어요?

저요, 목사님.

봤어요. 다 봤다고요. 제기랄, 다 봤어요!

사라진 아이들과 마누라를 찾아 헤매다가 옛날에 살던 마을까지 갔었어요. 그러다가…… 봤어요.

갑자기 하늘에서 빛이 번쩍거리면서 내리꽂히더군요.

그리고 그 빛을 따라 누군가가 떠올랐죠. 아는 얼굴이었어요. 예전에 남편과 자식을 잃고…… 몸이 흉측하게 타버린 채 꾸역꾸역 살아가던 그 여자가 빛 속에 있었거든요.

빛 속에 있던 여자는 개운하면서도 기뻐 보였어요. 이윽고 빛이 좀 더 강해지면서 화상 흉터가 순식간에 사라졌죠. 곧 예전에 젊었을 때처럼 아름답고 젊은 모습으로 변해서…… 하늘로 사라졌어요.

그걸 보고 깨달았죠.

마누라랑 아이들은 실종된 게 아니었어요.

제가 남겨진 거였죠.

마누라와 아이들은 '들어 올려진' 거예요. 자격이 있었으니까…… 충분히…… 선했던 사람들이니까……

남겨진 사람들은 나나 목사님처럼 자격 없는 사람들뿐.

저는요, 제 잘못을 평생 숨길 수 있을 거라고 믿고 살았어요. 따지고 보면 큰 잘못을 저지른 것도 아니라고 태평하게 생각했죠.

그런데 저 위에 계신 분이 보시기에는 아니었나 봐요.

그러니까 여기 남겨진 거겠죠. 목사님과 함께.

왜 그런 표정을 지으세요? 목사님은 저 위에 계신 분 잘 아시잖아요. 설마 정말 숨길 수 있을 거라고 확신했던 거예요?

이제 아마 곧……

……아, 목사님 귀에도 들리셨죠?

나팔 소리예요. 이제 슬슬 시작하려나 봐요.

그래서, 이 지경이 됐는데 정말 술 안 드실 거예요?

29.
JOURNAL :

조금
특별한 세계의
9시 뉴스

시민과 함께하는 9시 뉴스입니다.

오늘 각지의 신선한 사건 사고 소식을 전해드립니다.

마지막 마법 지팡이 제작 전수자인 최순규 옹이 어젯밤 자택에서 숨진 채 발견됐습니다. 경찰은 시신 곁에 가족들을 향한 유서가 발견된 점을 미뤄 고인이 스스로 목숨을 끊었을 것으로 추측하고 있습니다.

올해로 73세인 고인은 오랜 기간 마법 지팡이를 전통 방식으로 제작하는 일을 해왔지만, 최근 몇 년간 중국의 저가 마법 지팡이가 시장에 유입되면서 상당 기간 생활고에 시달려 왔던 것으로 밝혀졌습니다.

유가족은 "고인이 생전에 국가유산청에 전통 마법 지팡이 제작 기술을 무형문화재로 등록해 달라고 꾸준히 요청해 왔으나, 계속

반려처분만 내려졌다."며, "국가의 지원 없이 홀로 공방을 운영하다 스트레스를 이기지 못해 극단적인 선택을 내린 것"이라고 강조했습니다.

다음 소식입니다. 오늘 새벽 4시 무렵, 빗자루를 타고 도심을 날아가던 마녀가 전깃줄에 부딪혀서 일대가 정전되는 사고가 발생했습니다. 정전은 장장 다섯 시간이나 이어졌으며, 곳곳에서 시민들의 불만이 이어졌습니다.

전깃줄에 부딪힌 마녀는 그 자리에서 감전되어 사망한 것으로 확인됐습니다. 유가족들은 생전에 고인이 야맹증이 있는 데다, 마침 새벽에 안개까지 껴서 눈앞의 전깃줄을 제대로 확인하지 못한 것 같다고 설명했습니다. 이번 사건으로 인해 온라인상에서는 시내 빗자루 비행 금지법안에 대한 갑론을박이 이어지고 있습니다.

다음 소식입니다. 온라인으로 불법 사랑의 묘약을 판매한 연금술사 일당이 검거됐습니다. 대학교 선후배 사이인 이들은 연금술 학위로 취업이 어려워 불법적인 약물 유통에 손을 댔다고 진술했습니다.

다음 소식입니다. 한국의 마지막 드래곤으로 알려진 순수 토종 드래곤 용용이가 오늘 아침 사체로 발견됐습니다.

부검 결과 용용이 뱃속에는 비닐과 동전이 잔뜩 발견됐습니다. 용용이의 사육사는 "관람객들이 버리는 쓰레기나 동전을 용용이가 주워 먹고 죽은 것 같다."며 안타까움을 감추지 못했습니다.

한국의 마지막 드래곤 용용이의 죽음으로 한국 토종 드래곤은 완전히 멸종한 상황입니다. 용용이의 사체는 부검된 이후, 박제되어 모 대학의 학술 자료로 기증될 예정입니다.

다음 소식입니다. 미세먼지 유입으로 요정 서식지가 3년 사이 25% 이상 파괴되었다는 조사 결과가 나왔습니다. 전문가는 "미세먼지가 요정의 날개와 알을 뒤덮어 호흡을 방해해 죽음에 이르게 한다."며 "만약 미세먼지 유입이 장기화할 경우 한반도의 요정은 멸종될지 모른다."고 사태의 심각성을 경고했습니다.

다음 소식입니다. 멸종 위기 1급 동물인 유니콘을 밀렵해 자양강장제로 판매하던 일당이 검거되었습니다.

이들은 유니콘의 뿔을 노리고 지난 3월부터 보호 구역에 몰래 침입해서 밀렵을 이어간 것으로 밝혀졌습니다. 전문가들은 "유니콘의 뿔은 그저 각질이 굳어져 만들어진 것뿐이라, 속설만큼 대단한 효과가 없다."고 강조하고 있지만, 유니콘의 뿔을 노리고 불법 밀렵을 저지르는 이들은 꾸준히 나타나고 있습니다.

다음 소식입니다. 환상 마법의 대가이자 대학교수인 최선자 씨가 모 애니메이션 업체로부터 저작권법 위반 혐의로 고발당했습니다.

이 업체는 "최선자 씨가 연말에 자선 공연을 하면서 만들어 낸 환상 속 애니메이션 캐릭터의 저작권은 회사 소유"라면서 고소 이유를 밝힌 상태입니다. 이에 대해 최선자 씨 측은 아직 이렇다 할

대답을 내놓지 않았습니다.

다음 소식입니다. 앞서 전깃줄에 감전되어 사망한 마녀에 대한 소식을 전해드렸는데요. 이에 대해 마녀협회가 지속해서 고층 건물이나 유리창, 전깃줄에 형광 물질을 발라 마녀를 보호하는 일명 '마녀 비행 보호법' 입법을 위한 투쟁 운동을 진행할 것이라고 전했습니다.

마녀협회는 지속적으로 정부와 지자체에 비행 보호 요청을 해 왔지만, 예산 문제로 모르쇠로 일관해 왔다는 것을 강조했습니다. 그러면서 이번 감전 사고는 명실상부한 사회적 살인이라고 강도 높게 비판했습니다.

최근 빗자루에서 추락해 하반신 마비가 되었지만, 보험금 지급이 반려된 사건과 마녀인 것을 숨기고 결혼했다가 혼인 무효 처분이 내려진 사건 등이 이어져서 마녀들의 분노가 극에 달한 만큼, 이번 상황은 쉽게 해결되지 않을 것으로 분석됩니다.

다음 소식입니다. 법원이 이종족 차별 금지 법안을 꾸준히 주장해 온 서해 인어들의 손을 들어줬습니다. 이로 인해 인어들도 공무원 시험에 합법적으로 응시하게 됐으며, 이로 인해 올해 시험에는 적어도 4만 명 정도의 응시자가 늘어날 것으로 보입니다. 하지만 이번 법안 대상자들은 서해 소속의 인어들뿐인지라, 동해와 남해 인어들의 적지 않은 반발이 예상됩니다.

다음 소식입니다. 내일부터 날씨가 부쩍 추워진 데다, 옅은 비까지 예고되어 있어 운전자들의 각별한 주의가 필요합니다. 새벽에 내린 비가 도로 표면 위에 얼어붙어 생기는 블랙 아이스 현상은 매년 교통사고의 원인이 되어왔습니다.

블랙 아이스는 육안으로 보았을 때 도로 표면과 구분이 되지 않아 운전자들이 식별하기 어려운 데다, 새벽에는 운전자들이 피로와 졸음으로 긴장의 끈을 놓는 경우가 많습니다. 그러니 운전자 분들은 응달진 곳에 갈 때는 항상 조심하시고, 평소보다 30% 정도 감속하여 운전하시길 바랍니다.

이것으로 9시 뉴스를 마치겠습니다.

그럼 내일 이 시간에 신속한 사건 사고 소식을 전해드리겠습니다.

함께해 주신 모든 분들에게 감사드립니다.

30. JABBERWOCKY :

그저
악몽이라고밖에는

저기, 사람이 말하고 있으면 얼굴 좀 보지?

알아. 갑자기 재난 경보가 떠서 놀랐겠지.

하지만 재난 경보는 아무 쓸모 없을 거야.

그걸 어떻게 아냐고?

내가 지난번에 꽤 오랫동안 악몽에 시달리는 중이라고 말했었지?

맞아, 처음 보는 괴상망측한 괴물에게 쫓기는 꿈 말이야.

그 괴물은 집요하게 나를 노리고 쫓아와. 나는 그 괴물을 피해 도망치지. 내가 어디로 숨더라도 어떻게든 찾아내. 이 악몽 때문에 언제 마지막으로 편히 잠들었는지 기억이 안 날 정도였지.

그러다 네가 조언해 줬잖아. 꿈은 그저 억눌린 무의식의 산물이고, 꿈속의 괴물은 어떤 식으로든 본 적 있는 존재일 거라고 말이야. 우리의 뇌는 한계가 있어서 한 번도 본 적 없는 걸 상상할 수 없다고 덧붙이기까지 했지.

하지만 나는 맹세코 살면서 그 괴물을 본 적이 없었어. 정말이야. 그 괴물은 아무리 생각해도 묘사를 할 수 없거든. 지구상에 있는 어떤 생물과도 닮지 않았어. 그저 괴상망측하고 끝없이 기괴해. 이것으로밖에 설명할 도리가 없어.

병원? 당연히 가봤지.

온갖 검사란 검사는 다 받았어. 좋다는 약을 먹기도 하고, 상담도 했었지. 하지만 아무 소용 없었어. 의사들도 이런 경우는 처음이라며 두 손 두 발 다 들더군.

그래서 아는 사람이 한 최면술사를 소개해 줬어. 최면을 걸어서 무의식 너머에 잠들어 있는 기억을 일깨워 준다나. 반신반의했지만, 대체 날 이렇게 괴롭히는 악몽의 정체가 뭔지 궁금해서 지푸라기라도 잡는 심정으로 찾아갔지.

음? 무슨 점집 비슷한 곳 아니었냐고? 후후후, 재난 경보를 보느라 정신이 없는 줄 알았는데, 그런 와중에도 내가 한 이야기는 다 들었나 보네.

사실 나도 처음에는 그런 곳인 줄 알았어. 막상 가보니 생각보다 멀쩡한 곳이었어. 연구소 같았거든. 최면술사라는 사람도 친절해 보여서 안심이 됐지.

최면술사는 내가 억누르고 있던 과거의 트라우마가 돌출되어서 그게 꿈속 악몽이 되었을 것으로 추측했어. 간혹 억눌린 트라우마가 괴물 형태로 꿈에 나타나는 경우가 있다나. 나름 솔깃한 이야기였지.

곧바로 최면에 들어갔지. 최면에 걸려 악몽의 근원을 찾아 과거로, 또 과거로 향했어. 잊고 있었던 옛날 기억이 속속들이 떠올랐지. 하지만 어디에도 악몽의 근원이 될만한 기억은 없었어. 학창 시절은 물론 어린 시절, 심지어 태아 시절까지 돌아갔지만 말이야.

재난 경보가 더 심해지네. 어휴, 귀 따가워라.

아무튼 결국 안 되겠다 싶어서 태아 이전의 순간으로 거슬러 올라갔지. 그리고 그제야 네 말이 맞았다는 걸 깨달았어.

역시 사람의 뇌는 한 번도 보지 못한 걸 상상해 낼 수 없었어.

악몽 속 괴물 역시 억눌린 트라우마나 왜곡된 기억이 아니었지. 어떤 식으로든 한번 봤던 존재였어.

다만 '이번 생'에 '여기서' 보지 않았을 뿐이야.

최면 덕에 모든 게 또렷하게 기억났어.

문제는 그 괴물이 이제 배고플 때가 됐다는 거야. 지난 생의 나를 잡아먹은 뒤로 시간이 제법 흘렀거든. 지금쯤이면 충분히 소화가 됐겠지. 그러면 또 나를 찾아 여기로 올 거야.

잘은 모르지만, 내가 그 괴물에게 대단한 별미 정도 되거든. 아마 무의식적으로 이 사실을 기억하고 있어서 악몽에 시달렸던 모양이지.

그래서 충격받았냐고?

처음에는 그랬는데, 오히려 속이 시원해졌어. 악몽의 원인은 알아냈잖아.

어휴, 재난 경보 좀 꺼. 아까부터 시끄러워서 죽겠네.

아무튼 그 괴물이 곧 나를 찾아올…… 어? 생각보다 빨리 왔네?

맞아, 저거야. 저렇게 생겼어.

지금 하늘을 뒤덮고 있는 저 괴물 말이야. 아까 말했듯이 기괴하기 짝이 없게 생겼지? 그래도 며칠은 찾아 헤맬 줄 알았는데, 바로 발견해서 찾아왔네.

입맛 다시는 꼴 좀 보라지. 우리는 자기 때문에 재난 경보를 울리고 대피하느라 정신이 없는데 말이야. 참 속 편한 녀석이라니까.

도망은 됐어. 어차피 지구보다 훨씬 큰 녀석인데, 도망쳐서 뭐 하게?

그냥 '다음 생'에 '다른 곳'은 여기보다 좀 더 안전하길 바라봐야지, 뭐.

기묘한 J

초판 1쇄 발행 2025. 7. 18.

지은이 정종균
펴낸이 김병호
펴낸곳 주식회사 바른북스

편집진행 황금주
디자인 양헌경

등록 2019년 4월 3일 제2019-000040호
주소 서울시 성동구 연무장5길 9-16, 301호 (성수동2가, 블루스톤타워)
대표전화 070-7857-9719 | **경영지원** 02-3409-9719 | **팩스** 070-7610-9820

•바른북스는 여러분의 다양한 아이디어와 원고 투고를 설레는 마음으로 기다리고 있습니다.
이메일 barunbooks21@naver.com | **원고투고** barunbooks21@naver.com
홈페이지 www.barunbooks.com | **공식 블로그** blog.naver.com/barunbooks7
공식 포스트 post.naver.com/barunbooks7 | **페이스북** facebook.com/barunbooks7

ⓒ 정종균, 2025
ISBN 979-11-7263-488-9 03810

•파본이나 잘못된 책은 구입하신 곳에서 교환해드립니다.
•이 책은 저작권법에 따라 보호를 받는 저작물이므로 무단전재 및 복제를 금지하며,
이 책 내용의 전부 및 일부를 이용하려면 반드시 저작권자와 도서출판 바른북스의 서면동의를 받아야 합니다.

•이 책은 광주광역시 GWANGJU CITY 광주문화재단 Gwangju Cultural Foundation 의 청년예술인창작지원사업으로 지원받아 발간되었습니다.